魔法科高中的劣等生 26
The irregular at magic high school
入侵篇
U0025676
佐島 勤
Tsutomu Sato
illustration／石田可奈
Kana Ishida
illustrator assistant／ジミー・ストーン、末永康子

STARS簡介

USNA軍統合參謀總部直屬魔法師部隊。共有十二部隊，
隊員依照星星的亮度分成不同階級。
部隊長各自獲頒一等星的稱號。

●STARS的組織體系

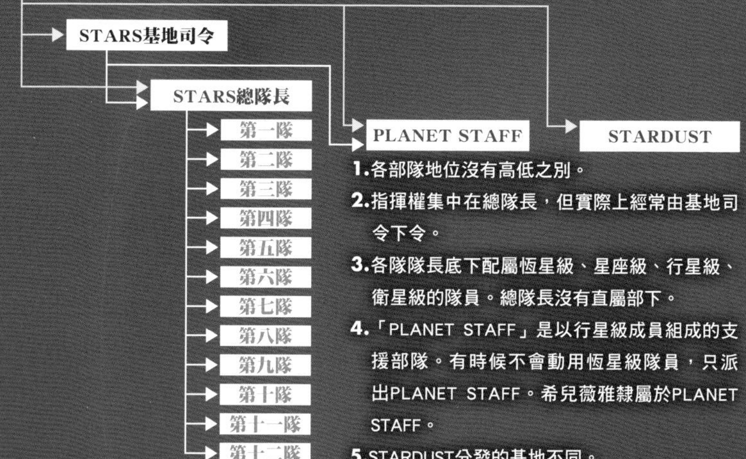

1. 各部隊地位沒有高低之別。
2. 指揮權集中在總隊長，但實際上經常由基地司令下令。
3. 各隊隊長底下配屬恆星級、星座級、行星級、衛星級的隊員。總隊長沒有直屬部下。
4. 「PLANET STAFF」是以行星級成員組成的支援部隊。有時候不會動用恆星級隊員，只派出PLANET STAFF。希兒薇雅隸屬於PLANET STAFF。
5. STARDUST分發的基地不同。

企圖暗殺總隊長安吉・希利鄔斯的隊員們

●亞歷山大・艾克圖魯斯

第三隊隊長。上尉。繼承相當純正的北美大陸原住民血統。
和雷谷魯斯並列為本次叛亂的主嫌。

●雅各・雷谷魯斯

第三隊一等星級隊員。中尉。擅長使用近似步槍的武裝演算裝置發射
高能量紅外線雷射彈「雷射狙擊」。

●夏綠蒂・貝格

第四隊隊長。上尉。比莉娜大十歲以上，卻因為階級不如莉娜而心懷不滿。
和莉娜相處得不太好。

●佐伊・斯琵卡

第四隊一等星級隊員。中尉。東洋血統的女性。使用的是投擲尖細力場的
「分子切割投擲槍」，堪稱「分子切割」的改編版。

●蕾拉・迪尼布

第四隊一等星級隊員。少尉。北歐血統的高挑窈窕女性。
擅長短刀搭配手槍的複合攻擊。

The irregular at magic high school

櫻井水波
去年就讀魔法科高中的二年級學生。立場是達也與深雪的表妹。深雪的守護者候選人。

七草香澄
魔法科高中二年級學生。七
草真由美的妹妹。泉美的雙
胞胎姊姊。個性活潑開朗。
九島光宣
昔日世界最強魔法師「宗師」
九島烈的孫子。擁有優秀的魔
法天分卻體弱多病。和藤林響
子是異父同母的姊弟。
七草真由美
前前任學生會長。現在是魔法大學學
生。十師族七草家長女。個頭嬌小但
體型窈窕。在遠隔精密魔法的領域被
稱為十年只出一人的英才。擁有令異
性著迷的小惡魔個性。

是盡我所能的憐憫。
，爺爺親手送你去那個世界吧。」
「爺爺，聽我說……」

！」
九島 烈
被譽為世界最強
魔法師之一的人
物。眾人尊稱為
「宗師」。

司波達也
司波兄妹的哥哥。就讀第一高中三年E班。認知自己身為「守護者」必須保護妹妹，除此之外達觀一切。
七草泉美
魔法科高中二年級學生。七草真由美的妹妹。香澄的雙胞胎妹妹。個性成熟穩重。

背負某項缺陷的劣等生哥哥。
一切完美無瑕的優等生妹妹。
這對兄妹就讀魔法科高中之後，

風波不斷的每一天就此揭開序幕——

佐島 勤
Tsutomu Sato
illustration
石田可奈
Kana Ishida

Kadokawa Fantastic Novels

Character
登場角色介紹

司波達也

就讀於三年E班。達觀一切。
妹妹深雪的「守護者」。

司波深雪

就讀於三年A班，達也的妹妹。
前年以首席成績入學的優等生。
擅長冷卻魔法。溺愛哥哥。

西城雷歐赫特

就讀於三年F班，達也的朋友。
二科生。擅長硬化魔法。
個性開朗。

千葉艾莉卡

就讀於三年F班，達也的朋友。
二科生。
可愛的闖禍大王。

柴田美月

就讀於三年E班，達也的朋友。
罹患靈子放射光過敏症。
有點少根筋的認真少女。

吉田幹比古

就讀於三年B班，出自古式魔法名門。
從小就認識艾莉卡。

光井穗香

就讀於三年A班，深雪的同班同學。
擅長光波振動系魔法。
一旦擅自認定後就頗為一意孤行。

北山 雫

就讀於三年A班，深雪的同班同學。
擅長振動與加速系魔法。
情緒起伏鮮少展露於言表。

里美 昴

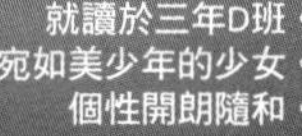

就讀於三年D班。
宛如美少年的少女。
個性開朗隨和。

英美・艾米莉雅・格爾迪・明智

就讀於三年B班，隔代混血兒。
平常被稱為「艾咪」。
名門格爾迪家的子女。

櫻小路紅葉

三年B班，昴與艾咪的朋友。
便服是哥德蘿莉風格。
喜歡主題樂園。

森崎 駿

三年A班，深雪的
同班同學。擅長高速操作CAD。
身為一科生的自尊強烈。

十三東 鋼

就讀於三年E班。別名「Range Zero」（射程距離零）。
「魔法格鬥武術」的高手。

七草真由美

畢業生。現在是魔法大學學生。
擁有令異性著迷的
小惡魔個性，
不擅長應付他人攻勢。

中条 梓

畢業生。曾任學生會會長。
生性膽小，
個性畏首畏尾。

市原鈴音

畢業生。現在是魔法大學學生。
冷靜沉著的智慧型人物。

服部刑部少丞範藏

畢業生。社團聯盟總長。
雖然優秀，卻有著
過於正經的一面。

渡邊摩利

畢業生。真由美的好友。
各方面傾向好戰。

十文字克人

畢業生。
現在升學至魔法大學。
達也形容為「如同巨巖的人物」。

辰巳鋼太郎

畢業生。曾任風紀委員。
個性豪爽。

關本 勳

畢業生。曾任風紀委員。
論文競賽校內審查第二名。
犯下間諜行為。

澤木 碧

畢業生。曾任風紀委員。
對女性化的名字
耿耿於懷。

桐原武明

畢業生。關東劍術大賽
國中組冠軍。

五十里 啟

畢業生。曾任學生會會計。
魔法理論成績優秀。
千代田花音的未婚夫。

壬生紗耶香

畢業生。劍道大賽
國中女子組全國亞軍。

千代田花音

畢業生。
曾任風紀委員長。
和學姊摩利一樣好戰。

七草香澄

二年級。七草真由美的妹妹。
泉美的雙胞胎姊姊。
個性活潑開朗。

七寶琢磨

二年級。有力的魔法師家系
並且新加入十師族的
「七寶家」的長子。

七草泉美

二年級。七草真由美的妹妹。
香澄的雙胞胎妹妹。
個性成熟穩重。

櫻井水波

二年級。
立場是達也與深雪的表妹。
深雪的守護者候選人。

隅守賢人

二年級。白種人少年。
父母從USNA歸化日本。

安宿怜美

第一高中保健醫生。
穩重溫柔的笑容
大受男學生歡迎。

平河小春

畢業生。以工程師身分
參加九校戰。
主動放棄參加論文競賽。

廿樂計夫

第一高中教師。
擅長魔法幾何學。
論文競賽的負責人。

平河千秋

三年級。
敵視達也。

珍妮佛・史密斯

歸化日本的白種人。達也的班級
與魔法工學課程的指導教師。

三矢詩奈

第一高中的「新生」。
由於聽覺過於敏銳，
所以總是戴著耳罩。

千倉朝子

畢業生。九校戰新項目
「堅盾對壘」的女子單人賽選手。

矢車侍郎

詩奈的青梅竹馬。
自稱是「護衛」。

五十嵐亞實

畢業生。曾任兩項競賽社社長。

五十嵐鷹輔

三年級。亞實的弟弟。個性有些懦弱。

小野 遙

第一高中的
綜合輔導老師。
生性容易被欺負，
卻有不為人知的另一面。

三七上凱利

畢業生。九校戰「祕碑解碼」
正規賽的男生選手。

九重八雲

擅長古式魔法「忍術」。
達也的體術師父。

國東久美子

畢業生，在九校戰競賽項目
「操舵射擊」和艾咪搭檔的選手。
個性相當平易近人。

一条剛毅

將輝的父親。
十師族一条家現任當家。

一条將輝

第三高中的三年級學生。
「十師族」一条家的
下任當家。

一条美登里

將輝的母親。
個性溫和，
廚藝高明。

吉祥寺真紅郎

第三高中的三年級學生。
以「始源喬治」的
別名眾所皆知。

一条 茜

一条家長女。將輝的妹妹。
國中二年級學生。
心儀真紅郎。

黑羽 貢

司波深夜、
四葉真夜的表弟。
亞夜子、文彌的父親。

一条瑠璃

一条家次女。將輝的妹妹。
我行我素，行事可靠。

黑羽亞夜子

達也與深雪的遠房表妹。
和弟弟文彌是雙胞胎。
第四高中的學生。

北山 潮

雫的父親。企業界的大人物。
商業假名是北方潮。

黑羽文彌

曾是四葉下任當家候選人。
達也與深雪的遠房表弟。
和姊姊亞夜子是雙胞胎。
第四高中的學生。

北山紅音

雫的母親。曾以振動系魔法
聞名的A級魔法師。

吉見

四葉的魔法師，黑羽家的親戚。
超能力者，可讀取人體所殘留的
想子情報體痕跡。極度的祕密主義。

北山 航

雫的弟弟。國中一年級。
非常仰慕姊姊。
目標是成為魔工技師。

鳴瀨晴海

雫的表哥。國立魔法大學附設第四高中的學生。

牛山

FLT的CAD開發第三課主任。
受到達也的信任。

千葉壽和

千葉艾莉卡的大哥。已故。
警察省國家公務員。

恩斯特・羅瑟

首屈一指的CAD製作公司
羅瑟魔工所
日本分公司社長。

千葉修次

千葉艾莉卡的二哥。摩利的男友。
具備千刃流劍術免許皆傳資格。
別名「千葉的麒麟兒」。

九島 烈

被譽為世界最強
魔法師之一的人物。
眾人尊稱為「宗師」。

稻垣

已故。生前是
警察省的巡查部長，
千葉壽和的部下。

九島真言

日本魔法界長老——
九島烈的兒子，
九島家現任當家。

小和村真紀

實力足以在著名電影獎
入圍最佳女主角的女星。
不只是美貌，演技也得到認同。

九島光宣

真言的兒子。雖是國立魔法大
學附設第二高中的二年級學生，
但因為經常生病幾乎沒上學。
和藤林響子是異父同母的姊弟。

琵庫希

魔法科高中擁有的
家事輔助機器人。
正式名稱是3H
（Humanoid Home Helper：
人型家事輔助機械）P94型。

九鬼 鎮

服從九島家的師補十八家之一。
尊稱九島烈為「老師」。

陳祥山

大亞聯軍
特殊作戰部隊隊長。
心狠手辣。

呂剛虎

大亞聯軍特殊作戰部隊的
王牌魔法師。
別名「食人虎」。

周公瑾

安排大亞聯盟的呂與陳
來到橫濱的俊美青年。
在中華街活動的神祕人物。

鈴

森崎拯救的少女。
全名是「孫美鈴」。
香港國際犯罪組織
「無頭龍」的新領袖。

布萊德利・張

逃離大亞聯盟的軍人。
階級是中尉。

丹尼爾・劉

和張一樣是大亞聯盟的逃兵。
也是沖繩祕密破壞行動的主謀。

檜垣喬瑟夫

昔日大亞聯盟親侵略沖繩時，
和達也並肩作戰的魔法師軍人。
別名「遺族血統」的
前沖繩駐留美軍遺孤的子孫。

風間玄信

陸軍101旅
獨立魔裝大隊隊長。
階級為中校。

真田繁留

陸軍101旅
獨立魔裝大隊幹部。
階級為少校。

藤林響子

擔任風間副官的
女性軍官。階級為中尉。

佐伯廣海

國防陸軍101旅旅長。階級為少將。
獨立魔裝大隊隊長風間玄信的長官。
外貌使她別名「銀狐」。

柳 連

陸軍101旅
獨立魔裝大隊幹部。
階級為少校。

山中幸典

陸軍101旅獨立魔裝大隊幹部。
少校軍醫，一級治癒魔法師。

酒井

國防陸軍總司令部軍官，階級為上校。
被視為反大亞聯盟的強硬派。

新發田勝成

曾是四葉家下任當家
候選人之一。防衛省職員。
第五高中校友。
擅長聚合系魔法。

四葉真夜

達也與深雪的姨母。
深夜的雙胞胎妹妹。
四葉家現任當家。

堤 琴鳴

新發田勝成的守護者。
調整體「樂師系列」第二代。
適合使用關於聲音的魔法。

葉山

服侍真夜的
高齡管家。

堤 奏太

新發田勝成的守護者。
調整體「樂師系列」
第二代。琴鳴的弟弟，
和她一樣適合使用
關於聲音的魔法。

司波深夜

達也與深雪的母親。已故。
唯一擅長精神構造干涉魔法的
魔法師。

花菱兵庫

服侍四葉家的
青年管家。
順位第二名之
花菱管家的兒子。

櫻井穗波

深夜的「守護者」。已故。
接受基因操作，強化魔法天分
而成的調整體魔法師
「櫻」系列第一代。

司波小百合

達也與深雪的繼母。
厭惡兩人。

津久葉夕歌

曾是四葉家
下任當家候選人之一。
曾任第一高中學生會副會長。
擅長精神干涉系魔法。

安潔莉娜・庫都・希爾茲

USNA魔法師部隊「STARS」的總隊長。階級是少校。暱稱是莉娜。
也是戰略級魔法師「十三使徒」之一。

瓦吉妮雅・巴藍斯

USNA統合參謀總部情報部內部監察局第一副局長。
階級是上校。來到日本支援莉娜。

希兒薇雅・瑪裘利・法斯特

USNA魔法師部隊「STARS」的行星級魔法師。階級是准尉。
暱稱是希兒薇，姓氏來自軍用代號「第一水星」。
在日本執行作戰時，擔任希利鄔斯少校的輔佐。

班哲明・卡諾普斯

USNA魔法師部隊「STARS」的第二把交椅。
階級是少校。希利鄔斯少校不在時的
代理總隊長。

米卡艾拉・弘格

USNA派到日本的間諜
（正職是國防總署的魔法研究人員）。
暱稱是米亞。

克蕾雅

獵人Q——沒能成為「STARS」的
魔法師部隊「STARDUST」的女兵。
Q意味著追蹤部隊的第17順位。

瑞琪兒

獵人R——沒能成為「STARS」的
魔法師部隊「STARDUST」的女兵。
R意味著追蹤部隊的第18順位。

神田

民權黨的年輕政治家。
對於國防軍採取批判態度的人權派。
也是反魔法主義者。

上野

以東京為地盤的
執政黨年輕政治家。
眾所皆知親近魔法師的議員。

亞弗列德・佛瑪浩特

USNA魔法師部隊「STARS」的一等星魔法師。
階級是中尉。暱稱是弗列迪。
逃離STARS。

查爾斯・沙立文

USNA魔法師部隊「STARS」的衛星級魔法師。
別名「第二魔星」。
逃離STARS。

雷蒙德・S・克拉克

雫留學的USNA柏克萊某高中同學。
是名動不動就主動
和雫示好的白人少年。
真實身分是「七賢人」之一。

近江圓磨

熟悉「反魂術」的魔法研究家，
別名「傀儡師」的古式魔法師。
據說可以使用禁忌的魔法
將屍體化為傀儡。

顧傑

「七賢人」之一。
別名紀德．黑顧，
大漢軍方術士部隊的倖存者。

喬・杜

協助黑顧逃走的神祕男性。能力出色，即使是
要躲避十師族魔法師們追捕的
困難工作也能俐落完成。

詹姆士・傑克森

從澳大利亞來到
日本沖繩的觀光客。
不過他的真實身分是──

卡拉・施米特

德意志聯邦的戰略級魔法師。
在柏林大學設立研究所的教授。

賈絲敏・傑克森

詹姆士的女兒。
雖然年僅十二歲，
卻是非常穩重，
應對進退相當成熟的少女。

伊果・安德烈維齊・貝佐布拉佐夫

新蘇維埃聯邦的戰略級魔法師。
科學協會魔法研究領域的
第一把交椅。

威廉・馬克羅德

英國的戰略級魔法師。
在國外數間知名大學
擁有教授資格的才子。

艾德華・克拉克

USNA國家科學局（NSA）所屬的技術學者。
「至高王座」的管理者。

七草弘一

真由美的父親。
七草家當家。
也是超一流的魔法師。

二木舞衣

十師族「二木家」當家。
住在兵庫縣蘆屋。
表面職業是
數間化學工業、
食品工業公司的大股東。
負責監護阪神
與中國地區。

名倉三郎

受僱於七草家的強力魔法師。
主要擔任真由美的貼身護衛。

三矢 元

十師族「三矢家」當家。住在神奈川縣厚木。
表面職業（不太確定是否能這麼形容）
是跨國的小型兵器掮客。
負責運用至今依然在運作的第三研。

五輪勇海

十師族「五輪家」當家。住在愛媛縣宇和島。
表面職業是海運公司的高層，
實質上的老闆。
負責監護四國地區。

六塚溫子

十師族「六塚家」當家。住在宮城縣仙台。
表面職業是地熱發電所挖掘公司的實質老闆。
負責監護東北地區。

八代雷藏

十師族「八代家」當家。住在福岡縣。
表面職業是大學講師以及數間通訊公司的大股東。
負責監護沖繩以外的
九州地區。

十文字和樹

十師族「十文字家」當家。住在東京都。
表面職業是做國防軍生意的
土木建設公司老闆。
和七草家一起負責監護
包含伊豆的關東地區。

東道青波

八雲稱他為「青波高僧閣下」。
如同僧侶般剃髮的老翁，
但真實身分不明。
依照八雲的說法是
四葉家的贊助者。

遠山（十山）司

輔佐十師族的
師補十八家「十山家」的魔法師。
存在目的不是保護國民，
而是保護國家機能。

部分插圖協助／魔法科高中製作委員會

Glossary
用語解說

魔法科高中
國立魔法大學附設高中的通稱，全國總共設立九所學校。
其中的第一至第三高中，每學年招收兩百名學生，
並且分為一科生與二科生。

花冠、雜草
第一高中用來形容一科生與二科生階級差異的隱語。
一科生制服的左胸口繡著以八枚花瓣組成的徽章，
不過二科生制服沒有。

一科生的徽章

CAD
簡化魔法發動程序的裝置，
內部儲存使用魔法所需的程式。
分成特化型與泛用型，外型也是各有不同。

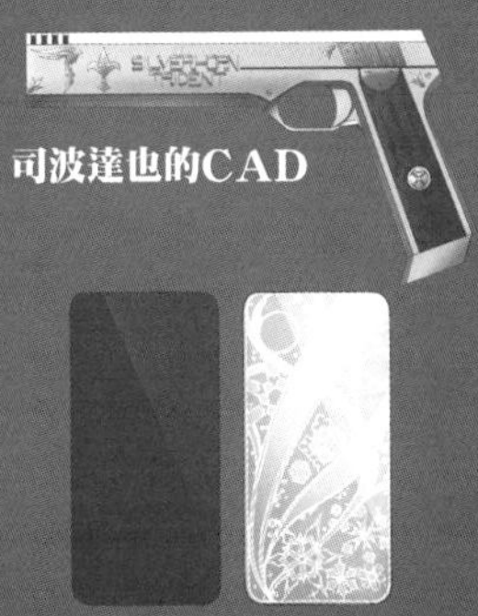
司波達也的CAD

司波深雪的CAD

Four Leaves Technology〔FLT〕
國內一家CAD製造公司。
原本該公司製造的魔法工學零件比成品有名，
但在開發「銀式」之後，
搖身一變成為知名的CAD製造公司。

托拉斯・西爾弗
短短一年就讓特化型CAD的軟體技術進步十年，
而為人所稱頌的天才技師。

Eidos〔個別情報體〕
原為希臘哲學用語。在現代魔法學，個別情報體指的是
「伴隨事物現象而來的情報」，是「事象」曾經存在於
「世界」的記錄，也可以說是「事象」留在「世界」的足跡。
依照現代魔法學的定義，「魔法」就是修改個別情報體，
藉以改寫個別情報體所代表的「事象」的技術。

Idea〔情報體次元〕
原為希臘哲學用語。在現代魔法學，情報體次元指的是「用來記錄個別情報體的平台」。
魔法的原始形態，就是將魔法式輸入這個名為「情報體次元」的平台，
改寫平台裡「個別情報體」的技術。

啟動式
為魔法的設計圖，用來構築魔法的程式。
啟動式的資料檔案，是以壓縮形式儲存在CAD，魔法師輸入想子波展開程式之後，
啟動式會依照資料內容轉換為訊號，並且回傳給魔法師。

想子
位於靈異現象次元的非物質粒子，記錄認知與思考結果的情報元素。
成為現代魔法理論基礎的「個別情報體」，成為現代魔法骨幹的「啟動式」和
「魔法式」技術，都是由想子建構而成。

靈子
位於靈異現象次元的非物質粒子。雖然已經確認其存在，但是形態與功能尚未解析成功。
一般的魔法師，頂多只能「感覺到」活化狀態的靈子。

魔法師
「魔法技能師」的簡稱。能將魔法施展到實用等級的人，統稱為魔法技能師。

魔法式
用來暫時改變伴隨事物現象而來的情報之情報體。由魔法師持有的想子構築而成。

魔法演算領域

構築魔法式的精神領域，也就是魔法資質的主體。該處位於魔法師的潛意識領域，魔法師平常可以意識到魔法演算領域並且使用，卻無法意識到內部的處理過程。對魔法師本人來說，魔法演算領域也堪稱是個黑盒子。

魔法式的輸出程序

❶從CAD接收啟動式，這個步驟稱為「讀取啟動式」。
❷在啟動式加入變數，送入魔法演算領域。
❸依照啟動式與變數構築魔法式。
❹將構築完成的魔法式，傳送到潛意識領域最上層暨意識領域最底層的「基幹」，從意識與潛意識之間的「閘門」輸出到情報體次元。
❺輸出到情報體次元的魔法式，會干涉指定座標的個別情報體進行改寫。

「實用等級」魔法師的標準，是在施展單一系統暨單一工序的魔法時，於半秒內完成這些程序。

魔法的評價基準（魔法力）

構築想子情報體的速度是魔法的處理能力、
構築情報體的規模上限是魔法的容納能力、
魔法式改寫個別情報體的強度是魔法的干涉能力，
這三項能力總稱為魔法力。

始源碼假說

主張「加速、加重、移動、振動、聚合、發散、吸收、釋放」四大系統八大種類的魔法，各自擁有正向與負向共計十六種基礎魔法式，以這十六種魔法式搭配組合，就能構築所有系統魔法的理論。

系統魔法

歸類為四大系統八大種類的魔法。

系統外魔法

並非操作物質現象，而是操作精神現象的魔法統稱。
從使喚靈異存在的神靈魔法、精靈魔法，或是讀心、靈魂出竅、意識操控等，包括的種類琳琅滿目。

十師族

日本最強的魔法師集團。一条、一之倉、一色、二木、二階堂、二瓶、三矢、三日月、四葉、五輪、五頭、五味、六塚、六角、六鄉、六本木、七草、七寶、七夕、七瀨、八代、八朔、八幡、九島、九鬼、九頭見、十文字、十山共二十八個家系，每四年召開一次「十師族甄選會議」，選出的十個家系就稱為「十師族」。

含數家系

如同「十師族」的姓氏有一到十的數字，「百家」之中的主流家系姓氏也有十一以上的數字，例如「『千』代田」、「『五十』里」、「『千』葉」家。
數字大小不代表實力強弱，但姓氏有數字就代表血統純正，可以作為推測魔法師實力的依據之一。

失數家系

亦被簡稱「失數」，是「數字」遭受剝奪的魔法師族群。
昔日魔法師被視為兵器暨實驗樣本的時候，評定為「成功案例」得到數字姓氏的魔法師，要是沒有立下「成功案例」應有的成績，就得接受這樣的烙印。

各式各樣的魔法

● 悲嘆冥河

凍結精神的系統外魔法。凍結的精神無法命令肉體死亡，
中了這個魔法的對象，肉體將會隨著精神的「靜止」而停止、僵硬。
依照觀測，精神與肉體的相互作用，也可能導致部分肉體結晶化。

● 地鳴

以獨立情報體「精靈」為媒介振動地面的古式魔法。

● 術式解散

把建構魔法的魔法式，分解為構造無意義的想子粒子群的魔法。
魔法式作用於伴隨事象而來的情報體，基於這種性質，魔法式的情報結構一定會曝光，無法防止外力進行干涉。

● 術式解體

將想子粒子群壓縮成塊，不經由情報體次元直接射向目標物引爆，摧毀目標物的啟動式或魔法式這種紀錄魔法的想子情報體，屬於無系統魔法。
即使歸類為魔法，但只是一種想子砲彈，結構不包含改變事象的魔法式，因此不受情報強化或領域干涉的影響。此外，砲彈本身的壓力也足以反彈演算干擾的影響。由於完全沒有物理作用力，任何障礙物都無法防堵。

● 地雷原

泥土、岩石、砂子、水泥，不拘任何材質，
總之只要是具備「地面」概念的固體，就能施以強力振動的魔法。

● 地裂

由獨立情報體「精靈」為媒介，以線形壓潰地面，
使地面乍看之下彷彿裂開的魔法。

● 乾冰雹暴

聚集空氣中的二氧化碳製作成乾冰粒，
將凍結過程剩餘的熱能轉換為動能，高速射出乾冰粒的魔法。

● 迅襲雷蛇

在「乾冰雹暴」製造乾冰顆粒時，凝結乾冰氣化產生的水蒸氣，
溶入二氧化碳氣體使其形成高導電霧，再以振動系與釋放系魔法產生摩擦靜電。以溶入碳酸的水霧或水滴為導線，朝對方施展電擊的組合魔法。

● 冰霧神域

振動減速系廣域魔法。冷卻大容積的空氣並操縱其移動，
造成廣範圍的凍結效果。
簡單來說，就像是製造超大冰箱一樣。
發動時產生的白霧，是在空中凍結的冰或乾冰。
但要是提升層級，有時也會混入凝結為液態氮的霧。

● 爆裂

將目標物內部液體氣化的發散系魔法。
如果是生物就是體液氣化導致身體破裂，
如果是以內燃機為動力的機械就是燃料氣化爆炸。
燃料電池也不例外。即使沒有搭載可燃的燃料，無論是電池液、油壓液、冷卻液或潤滑液，世間沒有機械不搭載任何液體，因此只要「爆裂」發動，幾乎所有機械都會毀損而停止運作。

● 亂髮

不是指定角度改變風向，而是為了造成「絆腳」的含糊結果操作氣流，以極接近地面的氣流促使草葉纏住對方雙腳的古式魔法。只能在草長得夠高的原野使用。

魔法劍

使用魔法的戰鬥方式，除了以魔法本身為武器作戰，還有以魔法強化、操作武器的技術。
以魔法配合槍、弓箭等射擊武器的術式為主流，不過在日本，劍技與魔法組合而成的「劍術」也很發達。
現代魔法與古式魔法兩種領域，都開發出堪稱「魔法劍」的專用魔法。

1.高頻刃

高速振動刀身，接觸物體時傳導超越分子結合力的振動，將固體局部液化之後斬斷的魔法。和防止刀身自我毀壞的術式配套使用。

2.壓斬

使劍尖朝揮砍方向的水平兩側產生排斥力，將劍刃接觸的物體像是左右推壓般割斷的魔法。排斥力場細得未滿一公釐，強度卻足以影響光波，因此從正面看劍尖是一條黑線。

3.童子斬

被視為源氏祕劍而相傳至今的古式魔法。遙控兩把刀再加上手上的刀，以三把刀包圍對手並同時砍下的魔法劍技。以同音的「童子斬」隱藏原本「同時斬」的意義。

4.斬鐵

千葉一門的祕劍。不是將刀視為鋼塊或鐵塊，而是定義為「刀」這種單一概念，依循魔法式所設定的刀路而動的移動系統魔法。被定義為單一概念的「刀」如同單分子結晶之刃，不會折斷、彎曲或缺角，將會沿著刀路劈開所有物體。

5.迅雷斬鐵

以專用武裝演算裝置「雷丸」施展的「斬鐵」進化型。將刀與劍士定義為單一集合概念，因此從接觸敵人到出招的一連串動作，都能毫無誤差地高速執行。

6.山怒濤

以全長一八〇公分的大型專用武器「大蛇丸」所施展的千葉一門的祕劍。將己身與刀的慣性減低到極限並高速接近對手，在交鋒瞬間將至今消除的慣性疊加，提升刀身慣性後砍向對方。這股偽造的慣性質量和助跑距離成正比，最高可達十噸。

7.薄翼蜻蜓

將奈米碳管編織為厚度十億分之五公尺的極致薄膜，再以硬化魔法固定為全平面而化為刀刃的魔法。
薄翼蜻蜓製成的刀身比任何刀劍或剃刀都要銳利，但術式不支援揮刀動作，因此術士必須具備足夠的刀劍造詣與臂力。

魔法技能師開發研究所

西元二〇三〇年代，日本政府因應第三次世界大戰當前而緊張化的國際情勢，接連設立開發魔法師的研究所。研究目的不是開發魔法，始終是開發魔法師，為了製造出最適合使用所需魔法的魔法師，基因改造也在研究範圍。

魔法技能師開發研究所設立了第一至第十共十所，至今依然有五所運作中。

各研究所的細節如下所述：

魔法技能師開發第一研究所

二〇三一年設立於金澤市，現在已關閉。

開發主題是進行對人戰鬥時直接干涉生物體的魔法。氣化魔法「爆裂」是衍生形態之一。不過，操作人體動作的魔法可能會引發傀儡攻擊（操作他人進行的自殺式恐怖攻擊），因此禁止研發。

魔法技能師開發第二研究所

二〇三一年設立於淡路島，運作中。

和第一研的主題成對，開發的魔法是干涉無機物的魔法。尤其是關於氧化還原反應的吸收系魔法。

魔法技能師開發第三研究所

二〇三二年設立於厚木市，運作中。

目的是開發出能獨力應付各種狀況的魔法師，致力於多重演算的研究。尤其竭力實驗測試可以同時發動、連續發動的魔法數量極限，開發可以同時發動複數魔法的魔法師。

魔法技能師開發第四研究所

詳情不明，推測位於前東京都與前山梨縣的界線附近，設立時間則估計是二〇三三年。現在宣稱已經關閉，而實際狀況也不明。只有前第四研不是由政府，是對國家具備強大影響力的贊助者設立。傳聞現在該研究所從國家獨立出來，接受贊助者的支援繼續運作，也傳聞該贊助者實際上從二〇二〇年代之前就經營著該研究所。

據說其研究目標是試圖利用精神干涉魔法，強化「魔法」這種特異能力的源泉，也就是魔法師潛意識領域的魔法演算領域。

魔法技能師開發第五研究所

二〇三五年設立於四國的宇和島市，運作中。

研究的是干涉物質形狀的魔法。主流研究是技術難度較低的流體控制，但也成功研究出干涉固體形狀的魔法。其成果就是和USNA共同開發的「巴哈姆特」。加上流體干涉魔法「深淵」，該研究所開發出兩個戰略級魔法，是國際聞名的魔法研究機構。

魔法技能師開發第六研究所

二〇三五年設立於仙台市，運作中。

研究如何以魔法控制熱量。和第八研同樣偏向是基礎研究機構，相對的缺乏軍事色彩。不過除了第四研，據說在魔法技能師開發研究所之中，第六研進行基因改造實驗的次數最多（第四研實際狀況不明）。

魔法技能師開發第七研究所

二〇三六年設立於東京，現在已關閉。

主要開發反集團戰鬥用的魔法，群體控制魔法為其成果。第六研的軍事色彩不強，促使第七研成為兼任戰時首都防衛工作的魔法師開發研究設施。

魔法技能師開發第八研究所

二〇三七年設立於北九州市，運作中。

研究如何以魔法操作重力、電磁力與各種強弱不同的交互作用力。基礎研究機構的色彩比第六研更濃厚，但是和國防軍關係密切，這一點和第六研不同。部分原因在於第八研的研究內容很容易連結到核武開發，在國防軍的保證之下，才免於被質疑暗中開發核武。

魔法技能師開發第九研究所

二〇三七年設立於奈良市，現在已關閉。

研究如何將現代魔法與古式魔法融合，試圖藉由讓現代魔法吸收古式魔法的相關知識，解決現代魔法不擅長的各種課題（例如模糊不明確的術式操作）。

魔法技能師開發第十研究所

二〇三九年設立於東京，現在已關閉。

和第七研同樣兼具防衛首都的目的，研究如何在空間產生虛擬結構物的領域魔法，作為遭遇高火力攻擊的防禦手段。各式各樣的反物理護壁魔法為其成果。

此外，第十研試圖使用不同於第四研的手段激發魔法能力。具體來說，他們致力開發的魔法師並非強化魔法演算領域本身，而是能讓魔法演算領域暫時超頻，因應需求使用強力的魔法。但是成功與否並未公開。

除了上述十間研究所，開發元素家系的研究所從二〇一〇年代運作到二〇二〇年代，但現今全部關閉。此外，國防軍在二〇〇二年設立直屬於陸軍總司令部的祕密研究機構，至今依然獨自進行研究。九島烈加入第九研之前，都在這個研究機構接受強化處置。

戰略級魔法師——十三使徒

現代魔法是在高度科技之中培育而成，因此能開發強力軍事魔法的國家有限，導致只有少數國家能開發匹敵大規模破壞兵器的戰略級魔法。

不過，開發成功的魔法會提供給同盟國，高度適合使用戰略級魔法的同盟國魔法師，也可能被認證為戰略級魔法師。

在2095年4月，各國認定適合使用戰略級魔法，並且對外公開身分的魔法師共十三名。他們被稱為「十三使徒」，公認是世界軍事平衡的重要因素。

十三使徒的國籍、姓名與戰略級魔法名稱如下所述：

USNA

安吉・希利鄔斯：「重金屬爆散」
艾里歐特・米勒：「利維坦」
羅蘭・巴特：「利維坦」
※其中只有安吉・希利鄔斯任職於STARS。艾里歐特・米勒位於阿拉斯加基地，羅蘭・巴特位於國外的直布羅陀基地，兩人基本上不會出動。

新蘇維埃聯邦

伊果・安德烈維齊・貝佐布拉佐夫：「水霧炸彈」
列昂尼德・肯德拉切科：「大地紅軍」
※肯德拉切科年事已高，基本上不會離開黑海基地。

大亞細亞聯盟

劉雲德：「霹靂塔」
※劉雲德已於2095年10月31日的對日戰鬥中戰死。

印度、波斯聯邦

巴拉特・錢德勒・坎恩：「神焰沉爆」

日本

五輪 澪：「深淵」

巴西

米吉爾・迪亞斯：「同步線性融合」
※魔法式為USNA提供。

英國

威廉・馬克羅德：「臭氧循環」

德國

卡拉・施米特：「臭氧循環」
※臭氧循環的原型，是分裂前的歐盟因應臭氧層破洞而共同研發的魔法。後來由英國完成，依照協定向前歐盟各國公開魔法式。

土耳其

阿里・夏亨：「巴哈姆特」
※魔法式為USNA與日本所共同開發完成，由日本主導提供。

泰國

梭姆・查伊・班納克：「神焰沉爆」
※魔法式為印度、波斯聯邦提供。

The International Situation

2096年現在的世界情勢

以全球寒冷化為直接契機的第三次世界大戰——二十年世界連續戰爭大幅改寫了世界地圖。世界現狀如下所述：

USA合併加拿大以及墨西哥到巴拿馬等各國，組成北美利堅大陸合眾國（USNA）。

俄羅斯再度吸收烏克蘭與白俄羅斯，組成新蘇維埃聯邦（新蘇聯）。

中國征服緬甸北部、越南北部、寮國北部以及朝鮮半島，組成大亞細亞聯盟（大亞聯盟）。

印度與伊朗併吞中亞各國（土庫曼、烏茲別克、塔吉克、阿富汗）以及南亞各國（巴基斯坦、尼泊爾、不丹、孟加拉、斯里蘭卡），組成印度、波斯聯邦。

亞洲阿拉伯其餘國家，分區締結軍事同盟，對抗新蘇聯、大亞聯盟以及印度、波斯聯邦三大國。

澳洲選擇實質鎖國。

歐洲整合失敗，以德國與法國為界分裂為東西兩側。東歐與西歐也沒能各自整合為單一國家，團結力甚至不如戰前。

非洲各國半數完全消滅，倖存的國家也只能勉強維持都市周邊的統治權。

南美除了巴西，都處於地方政府各自為政的小國分立狀態。

The irregular at magic high school

〔1〕

這是不該發生的事件。

西元二〇九七年，當地時間六月十八日，星期二早晨。

設置於北美利堅大陸合眾國新墨西哥州羅斯維爾郊外，USNA軍統合參謀總部直屬部隊STARS的總部基地，發生恆星級隊員的叛亂事件。

而且不是單一隊員的反叛。STARS分成十二個部隊，各隊配置一名一等星級的隊長。十二隊之中的三隊，由隊長率領發動叛亂。

不知道是否該說幸好，參加叛亂的只有少數幹部，但事態並沒有因而大事化小。

◇　◇　◇

莉娜來到達也與深雪身邊的七十一小時前。

莉娜成功逃離之後的STARS總部基地裡，恆星級隊員之間的戰鬥持續進行。

STARS除了通常的軍階，還依照魔法力將隊員分成恆星級（一等星級）、恆星級（二等星級）、星座級、行星級、衛星級等階級。位居最強階級的恆星級隊員們不是在訓練，而是以真正的實力進行魔法戰。

企圖暗殺莉娜的人們：第三隊隊長亞歷山大．艾克圖魯斯上尉、第三隊一等星級隊員雅各．雷谷魯斯中尉、第四隊隊長夏綠蒂．貝格上尉、第四隊一等星級隊員蕾拉．迪尼布少尉。

支援莉娜逃離的人們：第一隊隊長班哲明．卡諾普斯少校、第一隊二等星級隊員拉爾夫．哈迪．瑪法克少尉、同屬第一隊二等星級隊員的拉爾夫．厄格魯少尉。

其中的瑪法克駕駛以敞篷貨車改造的實驗車輛，載著莉娜一起逃出基地。

卡諾普斯獨自對付艾克圖魯斯、雷谷魯斯與貝格三人。

直到莉娜成功逃離前都追著她不放的迪尼布，則是被厄格魯牽制。

「蕾拉！」

載著莉娜的敞篷貨車車斗上，迪尼布被厄格魯架住摔出車外。目擊這一幕的貝格放聲大喊。

她也是追著從實驗車輛倉庫逃出去的莉娜衝到屋外，卻不能無視於卡諾普斯而留在原地。

「卡諾普斯少校！貴官不知道希利鄔斯少校的背叛嗎？」

卡諾普斯不知道貝格這番話是叛亂的藉口還是真心這麼認定。雖然認為應該是後者，但他也明白這只是自己的推測。

第十一隊的亞莉安娜．李．肖拉少尉，斷定第三隊、第六隊以及她自己以外的第十一隊恆星級隊員都已經化為寄生物。她擅長精神干涉系魔法的防禦，連帶使得捕捉異常靈子波動的能力也很強。卡諾普斯認為她的推測可以信賴。

如果肖拉說得沒錯，那麼第四隊的貝格與迪尼布沒被寄生物感染。假設這場叛亂是由寄生物主導，沒化為寄生物的貝格很可能是被假情報誆騙。

貝格對莉娜沒好感不是什麼祕密。許多恆星級隊員也知道這是嫉妒使然。

大概是受到貝格的影響，第四隊的迪尼布少尉也對莉娜抱持反抗態度。同屬第四隊的斯琵卡態度雖然不像貝格或迪尼布那麼露骨，但是不難看出她的內心也大同小異。

大概是這份情感受到利用吧。

軍人不能任憑情感行動。軍官被教育成無論何時都要嚴格自律。

然而人們碰上正當名義就沒轍。

只要給個冠冕堂皇的理由，就可以輕易矇騙自己。

認為自己不是受到情感的驅使，而是師出有名。

以這樣的辯解原諒自己。

卡諾普斯並非只是在腦中理解這個道理。這種實例他至今看得很多。

「我說過總隊長閣下沒有背叛！貝格上尉，貴官的行為才叫做叛亂！」

所以他對貝格回嘴的同時，已經認定說服不會有效而暗自放棄。

貝格以加重系魔法「雙重加壓」回應。是在平面產生兩個斥力場，同時從兩個方向施壓的魔法。大多是從相對的兩個方向往中間施壓用來壓扁對象。

卡諾普斯同時發動兩次加重系魔法「加壓」，抵銷貝格的魔法。不是解除魔法本身，而是定義相反的事象改寫，讓彼此的魔法產生破綻。

「什麼……」

貝格驚叫出聲。讓定義產生破綻導致對方魔法失效的技術，已經編入STARS的訓練課程，她當然也知道這種技術才對。但是為了刻意造成定義破綻，必須先解讀對方的魔法再將自己的魔法使用在適切的座標，或者是正確預測對方使用的魔法。

如果是前者，難度即使比不上術式解散也差不多。

如果是後者，就意味著貝格的手牌已經被看透。

貝格露出的慌張，對於卡諾普斯來說是一個機會。

卡諾普斯朝貝格拉近間距。他不是以「分子切割」砍下，而是想在貼身距離施放電擊剝奪貝格的身體自由。

但是卡諾普斯踩第四步就停下腳步。

無暇轉身就朝自己的右斜後方架設「鏡面護盾」。

他的反高能量光線兵器用護盾，反彈了雷谷魯斯射來的雷射光彈。

雷谷魯斯剛才發射的雷射光彈擦過自己的臉。

他背上冒出冷汗。

雷谷魯斯迅速（要說不慌張是騙人的）抱著武裝演算裝置移動。

雷谷魯斯至今沒受到卡諾普斯的主動攻擊。不知道是卡諾普斯沒發現雷谷魯斯的位置，還是他要優先對付貝格與艾克圖魯斯。

以狙擊發動攻勢的是雷谷魯斯。

然而受到壓力的也是雷谷魯斯。

雷谷魯斯拿手的「雷射狙擊」基於性質，發射一次就會被敵方魔法師得知所在位置。攻擊之後會被敵方記住位置的風險也適用於實彈的狙擊，但是一般的魔法從視線被遮蔽的障礙物後方也能攻擊，所以他的魔法相較之下堪稱缺乏隱密性。

雷谷魯斯非常清楚自己的拿手魔法背負這個缺點。他每發射一次就抱著步槍造型的武裝演算裝置跑離定點。

移動時只使用最底限的魔法。總之為了避免被敵方（在這個場合是卡諾普斯）鎖定，雷谷魯斯不會偷懶，一定會移動足夠的距離變更狙擊地點。

之所以沒從卡諾普斯那裡受到反擊以外的攻擊，肯定是這個戰法奏效。

然而這種反擊將雷谷魯斯的心理逼入絕境。

卡諾普斯以「鏡面護盾」反彈的光彈，從剛才就數度擦過雷谷魯斯的身體，每次都讓雷谷魯斯嚇破膽。

不用說，雷射光是以光速前進，反彈回來的能量彈當然也是光速。從發射到反射光抵達的時間延遲等同於零，想在雷射光發射之後才架設護盾反射也來不及。

防禦能量彈的護盾大致分成兩種。

第一種是阻絕固定比例的能量。一般的防禦護盾屬於這一類。

第二種是反射電磁波的護盾。「鏡面護盾」屬於這一類。

後者防禦雷射彈的效果比較好。「鏡面護盾」只是反射外部光線，無法遮蔽內側發出的光。即使就這麼展開護盾，也不會妨礙「雷射狙擊」的攻擊。

然而要是架設護盾，事象改寫的餘波會被察覺。這就像是大聲朝敵人告知自己所在的位置。那麼這就不是「狙擊」，單純只是「遠距離攻擊」。

從原理來看，在射擊之前架設「鏡面護盾」，就可以擋下反彈回來的能量彈。「雷射狙擊」從魔法發動到發射之間有一段無法避免的延遲。剛發動「雷射狙擊」就架設「鏡面護盾」並沒有實際的損害。

但是說來可惜，雷谷魯斯的武裝演算裝置沒準備這個啟動式。他無法在沒有啟動式的狀況瞬間架設「鏡面護盾」。和寄生物合體之後，他操縱能量彈的魔法技能提升，但是架設護盾的技術沒受到寄生物化的恩惠。

如果狙擊對象是莉娜，不架設護盾對付反射光也不成問題。莉娜的「鏡面護盾」為了防止流彈傷害到外人，無論雷射的入射角是幾度，反射光都設定為射入自己前方兩公尺的地面。這就某方面來說是高超的技術，但不會對敵人造成威脅，看這一點就無法否認莉娜身為軍人過於心軟。

另一方面，卡諾普斯的「鏡面護盾」設定為幾乎一八〇度反射光彈。嚴格來說不是一百八十度，所以雷谷魯斯目前免於被直接命中，但是沒人保證今後也一直這麼幸運。反射角度不嚴謹是因為魔法定義存在著「誤差」，並不是因為設定成一七八度或一七九度。以數字形容的話應該是「一八〇度正負三度」吧。當誤差是零，光彈就會筆直射向雷谷魯斯。

可能被自己發射的雷射貫穿。

這份恐懼一點一滴但確實削減雷谷魯斯的精神力。

卡諾普斯和貝格在實驗車輛倉庫前方對峙，距離約兩百公尺遠的場所，第四隊的蕾拉・迪尼布少尉正在和第一隊的拉爾夫・厄格魯少尉上演一對一的戰鬥。先前迪尼布以移動系魔法跳到莉娜搭乘的車上，但是躲在車斗的厄格魯架住她一起摔下車。

迪尼布與厄格魯幾乎同時起身，二話不說展開近身戰。迪尼布認定厄格魯站在「叛徒希利鄔斯」那邊（除去「叛徒」這部分，迪尼布的判斷沒錯）而揮刀砍下，厄格魯則是不分敵我「樂於」應付面前的對手。

迪尼布只以右手舉起手槍瞄準，扣下扳機。

然而厄格魯在這一瞬間已經不在射線上。他瞬間將十公尺的距離縮減為零，將迪尼布納入刀子的攻擊間距。

厄格魯犀利揮出大型戰鬥刀。刃長一呎（約三十公分）的單刃刀。厚實的刀背不像求生刀呈鋸齒狀。刀背附一根彎曲的長鍔，大概是用來鎖住對方的刀。不像是魔法師的裝備，是道地刀劍戰士會喜歡的講究武器。

迪尼布和厄格魯是相同類型的戰鬥魔法師。

兩人擅長的是活用高速移動魔法的近身戰。而且迪尼布已經處於連續發動魔法讓自己移動的狀態。

這項技術應用了托拉斯．西爾弗研發的飛行魔法。飛行魔法是在不到一秒的短時間內斷續發動重力控制魔法藉以自由飛行的術式。STARS將其應用在移動魔法。

在極短時間一直斷續發動移動魔法。如果不去特別意識就處於不定義移動方向的狀態，移動魔法沒生效就這麼自動作廢，只在意圖移動的時候讓魔法發揮作用，帶著自己的身體直線移動。

透過這項技術，近戰魔法師頭痛至今，妨礙緊急移動的ＣＡＤ操作延遲問題，在STARS內部已經解決。

所以，以這項技術處於隨時能使用移動魔法狀態的迪尼布，只要想躲開厄格魯的攻擊就做得到。但她以左手所握刀子的護甲擋下厄格魯這一刀。

即使以移動魔法後退，使用相同技術的厄格魯也會在下一瞬間追上。就算迴避也只會沒完沒了。迪尼布擋刀不只是基於這個判斷，受到好戰心情的驅使才是主因。

迪尼布打從心底堅信莉娜背叛了。她對莉娜玷污「天狼星」這個名號的背信行為感到火冒三丈。

「天狼星」這個稱號是祖國ＵＳＮＡ軍人魔法師的象徵。迪尼布受到這股義憤的驅使（不過是誤解）。

迪尼布右手的槍瞄準厄格魯。

厄格魯反握刀子的左手迅速抬起，以刀背與鍔的空間夾住迪尼布的手槍鎖死。一般的戰鬥刀看不見這種向前彎曲的長鍔，比較接近西洋握在左手的格擋匕首或是東洋的鐵尺。

刀子穩穩鎖住迪尼布的手槍，厄格魯將刀往外側扭轉。

在手腕被扭傷之前，迪尼布的手放開握把。

手槍還沒落地，迪尼布就後退好幾公尺。

厄格魯發出怪聲看著她後退。

「那是什麼？」

「呀哈哈哈哈哈！刀子也可以這麼用喔！」

附有長鍔的這種刀，應該是為了搶下敵方武器而準備的特製款式吧。基於這層意義，這也比較像是格擋匕首。厄格魯對刀子近乎偏執的執著由此可見。

「你這個開膛手！」

「呀～～哈哈哈哈！妳用槍跟用刀都是半桶水喔！」

厄格魯的身體留下殘影消失。下一瞬間，他出現在迪尼布的側邊。

厄格魯反握的刀子朝斜上方揮砍。

迪尼布的右手就這麼空著。她試著以左手的刀擋住厄格魯這一砍。

厄格魯的左手稍微變換軌道。

他刻意讓自己的刀打中迪尼布刀子的刃。

就這麼讓刀往前滑，打造出互抵較勁的狀態。

厄格魯右手所握的刀子尖端，瞄準迪尼布門戶大開的左側腹。

迪尼布的臉因為焦急與恐懼而僵硬。

卡諾普斯無暇靜心旁觀部下的戰鬥。假設他知道現狀也不可能助陣。目前的戰況是略勝一籌。然而是一對三，無法否認在人數上屈居劣勢。

貝格的重力魔法，以同類型的魔法抵銷。

雷谷魯斯的「雷射狙擊」，以「鏡面護盾」反射。

艾克圖魯斯的「舞刃陣」，以「分子切割」迎擊。

面對三名一等星級隊員，卡諾普斯持續進行三頭六臂的奮戰。

憑卡諾普斯的實力也是一場苦戰。

如果這是「真正」的戰爭，他或許不必這麼辛苦。

卡諾普斯只要「來真的」，貝格應該已經沒命了。

雖說彼此是地位相同的隊長，但卡諾普斯少校和貝格上尉有著階級以上的實力差距。前任天狼星還健在的時候，就有人說在近距離的陸地戰是卡諾普斯比較強，他就是此等高手。貝格在這種看得見彼此的硬碰硬戰鬥沒有勝算。實際上貝格臉上已經隱約露出先前對付莉娜時沒出現的慌張神色。

雷谷魯斯也是，他對卡諾普斯來說是「雖然不容忽視卻在本質上不會造成威脅」的對手。雷谷魯斯使用的「雷射狙擊」從發動到發射需要約一秒的時間，這是構造上的缺點。

雷谷魯斯肯定不只這張牌能用，但他從剛才就不知為何沒使用「雷射狙擊」以外的魔法。只

要雷谷魯斯自己限制戰術廣度，憑卡諾普斯的能耐，要同時對付他與貝格並非難事。

如果只有雷谷魯斯與貝格，即使加上「不認真打」的限制，這場戰鬥也會在短時間內由卡諾普斯的勝利做結吧。即使他們各有兩人，這個結果也肯定不會改變。

然而艾克圖魯斯是強敵。

STARS第三隊隊長亞歷山大・艾克圖魯斯上尉。在STARS，他在主流的現代魔法與北美大陸原住民族的古式魔法——精靈魔法都修得高超的造詣。如今因為和寄生物同化而無法使用使喚精靈的魔法，不過相對的，他充分激發寄生物的能力所獲得的戰鬥力更勝於失去的部分。

卡諾普斯反彈雷谷魯斯的光彈，朝貝格進逼。

但是從側邊打過來的壓縮風，使得卡諾普斯不得不後退。

是艾克圖魯斯的「風槌」。

這個魔法的殺傷力不高，主要用來讓對方失去平衡，但是為了躲避直徑兩公尺，秒速六十公尺的局部突風，卡諾普斯非得退後五公尺以上的距離。

石製的箭頭追著後退的卡諾普斯射過來。不是箭，只有箭頭。是以削尖成形的黑曜岩箭頭發動的「舞刃陣」。

通常「舞刃陣」是使用刀子造型的武裝一體型ＣＡＤ。原因在於從魔法發動到武器投擲只要一個動作就完成，方便又確實。

但這不代表「舞刃陣」使用的武器非得是武裝演算裝置不可。發動魔法的主體不是ＣＡＤ，是魔法師。這是在任何魔法都不會改變的絕對原則。

到頭來，「舞刃陣」是操作投擲武器飛翔軌道的魔法，投擲的武器本身種類不拘。甚至不必是利器。極端來說，路邊的石塊也能成為「舞刃陣」的「子彈」。

四根箭頭畫出不同的軌道同時襲來。卡諾普斯以日本刀造型的武裝演算裝置延伸出來的「分子切割」打下所有箭頭。

黑曜岩箭頭被砍成兩半落地。當成「舞刃陣」發動對象所定義的形狀受損，使得魔法因為定義出現破綻而強制終止。

但是艾克圖魯斯的攻擊並非到此為止。艾克圖魯斯接連施放魔法，因此卡諾普斯還無法確定艾克圖魯斯藏身的位置。

吹起一陣風，鳥的羽毛在空中飛舞。是白頭鷹羽毛——的仿造品。以合成纖維與鈦針製作的羽毛型飛鏢。極細的高強度纖維不只能射穿人體皮膚，只要速度夠快甚至能撕裂皮製護具。

數十根羽毛順風襲擊卡諾普斯。艾克圖魯斯拿手的魔法是精靈魔法與移動系魔法，尤其擅長製作氣流並操作的術式。這些羽毛不是以群體控制技術操作，只是順著氣流飛翔。

「分子切割」無法干涉氣體。每根羽毛只是順風飛行，因此以武裝演算裝置擊落也沒意義。

卡諾普斯以壓縮空氣塊之後爆發性膨脹的魔法「爆風」對抗。甚至撲向自己的這陣爆風，他以專精於對抗流體的反物資護壁擋下，然後再度衝向貝格。

雷谷魯斯剛好在正後方看著卡諾普斯的身影。

看似硬來的這波攻勢，大概是因為撐不過一對三的劣勢吧。雷谷魯斯腦中浮現這個推測。用來訓練而放在一旁的廢棄大型車飛上半空中。是貝格的重力控制魔法。

卡諾普斯以加重系魔法將車子打下來。即使一邊跑一邊操作ＣＡＤ，卡諾普斯的姿勢也有條不紊。但他的注意力無疑朝著飛向他的大型車輛。

雷谷魯斯是這麼判斷的。

雷谷魯斯扣下步槍造型的武裝一體型ＣＡＤ扳機。

讀取啟動式到發動魔法是零點二秒。雖說是使用特化型ＣＡＤ，但這個數值算是很快。

「雷射狙擊」本來就是雷谷魯斯的拿手術式，在專用ＣＡＤ的性能搭配之下，魔法威力與速度都很出色。雷谷魯斯成為寄生物之後，魔法發動速度也受到影響變得更快。

不過增幅雷射光彈的所需時間遵循機械性、物理性的法則無法縮短。如果從一開始就產生高能量的雷射光，這段時間就可以縮短，以雷谷魯斯化為寄生物之後提升的事象干涉力並不是做不到這一點。

但是為此必須將雷谷魯斯使用的武裝演算裝置改造成適用於高能量雷射，或者是製作新的武裝演算裝置。

雷谷魯斯他們是在三天前成為寄生物。在這短短的三天無暇將武裝演算裝置升級。

即使如此，在卡諾普斯注意力集中在貝格那裡的現在，這邊不會被抓住延遲的空檔反擊。雷谷魯斯打著這個算盤。

然而，就在雷射光彈即將發射的這時候，卡諾普斯的背影從雷谷魯斯的狙擊鏡消失。

不是變成透明。

取代人體剪影登場的是一片切割下來的景色。

映在狙擊鏡的光景，是雷谷魯斯自己藏身的倉庫——

雷射光彈發射了。

以光速折返的能量彈，雷谷魯斯不可能視認與應對。

反轉一八〇度，精準反射的能量光彈破壞雷谷魯斯的武裝演算裝置，燒焦的碎片毀掉他的右眼。

雷谷魯斯放聲慘叫，從這場戰鬥出局。

（先解決一人。）

聽到雷谷魯斯的慘叫，卡諾普斯在心中低語。

卡諾普斯並不是刻意陷害雷谷魯斯。之所以接近貝格不是要把她打成重傷，而是要剝奪她的戰鬥能力，能反擊雷谷魯斯只不過是因為沒有疏於警戒。卡諾普斯只是沒有符合雷谷魯斯的「期待」縮小自己的視野罷了。

但戰鬥確實因而變得輕鬆一些。不是因為雷谷魯斯怎麼樣，單純是因為從一對三變成一對二所以好打許多。

卡諾普斯如此心想的下一瞬間，兩聲哀號撼動他的鼓膜。

他反射性地看向聲音傳來的方向，同時後退和貝格拉開距離。這是他下意識選擇用來確保安全的行動。

他看到厄格魯持刀插入迪尼布的側腹。

下手太重了。卡諾普斯在心中出聲斥責厄格魯。

但是踉蹌倒下的不只是迪尼布。厄格魯的身體也前傾倒下。雖然像是推倒迪尼布的樣子，不過遠遠看也很清楚這不是蓄意侵犯。

從卡諾普斯的位置看不到厄格魯整個背上沾滿血。不，仔細看或許看得出來，但是在提防敵方攻擊的狀況沒空這麼做。

不過，他知道厄格魯遭受新來敵人的攻擊。

因為對方攻擊的矛頭轉向卡諾普斯自己。

又尖又細，變形為長槍狀的「分子切割」力場伸向卡諾普斯。

他以相同魔法砍掉這道力場。

（斯琵卡中尉嗎？）

還沒以肉眼辨識這個魔法的使用者，他就知道這個術士的真實身分。

「分子切割」的改編版魔法——「分子切割投擲槍」的使用者，在STARS也只有一人。

STARS第四隊所屬的一等星級——佐伊・斯琵卡中尉。

在卡諾普斯的視線前方，即使是清晨依然整齊穿著夏季軍服的女性隊員伸直右手臂指向他。伸長的食指指尖裝著金屬製的直爪。近似日本暗器「貓手」的這根爪子，是「分子切割投擲槍」的瞄準器。

尖細的分子破壞力場再度伸向卡諾普斯。以縮減攻擊範圍為代價伸長射程的中距離用「分子切割」。

卡諾普斯再度砍下槍尖，收刀時順勢斬開貝格試著封鎖他的重力場。

不，「分子切割」斬開「重力控制魔法」的這個說法應該會招致誤解。重力控制是改變「歪曲度」這個空間性質的魔法。「分子切割」也是改變空間性質的魔法。「只改變正常空間的重力場」的事象改寫和「只改變正常空間的電磁氣性質」的事象改寫相互衝突，導致雙方魔法都出現

破綻。

這一瞬間，卡諾普斯也處於中斷狀態。

艾克圖魯斯的戰斧在這時候射來。

卡諾普斯在重新發動「分子切割」的同時全力往旁邊跳。

戰斧斬斷卡諾普斯的殘影。

卡諾普斯在訓練場的乾燥地面翻身起立時，戰斧在空中折返襲擊。

這原本不是「舞刃陣」做得到的攻擊。「舞刃陣」是預先設定投擲武器飛翔軌道的魔法，本應無法遙控武器才對。

應用精靈魔法將「念」注入武器，和武器之間形成某種感應狀態，經由這個通道以新的「舞刃陣」覆寫。身兼現代魔法師與古式魔法師的艾克圖魯斯擁有這個專屬技能。

以不同定義的魔法覆寫所需的干涉力難免必須增強。重新設定軌道的次數頂多五次。然而「舞刃陣」設定的軌道不是直線或拋物線，可以自由上升、下降或迴旋。別說五次，只要在當次的投擲設定三次軌道，大部分的敵人都逃不掉。

艾克圖魯斯化為寄生物之後，成為無法使用精靈魔法的狀態。但這只是再也無法和定義為「精靈」的獨立情報體連結，並沒有喪失古式魔法的技術。不使用獨立情報體的古式魔法技能反而因為和寄生物同化而提升。

面對襲來的戰斧，卡諾普斯單腳跪地提刀上砍迎擊。

不提速度，他是以無法使力的姿勢揮刀。刀鋒也沒有順著軌道。這個動作與其說是揮刀更像是揮棒。

即使如此，以艾克圖魯斯的意念進行魔法強化的戰斧，依然被卡諾普斯這一刀砍成兩半。

並不是以這把仿日本刀的刀鋒斬斷。卡諾普斯的武裝演算裝置原本就不是以鋼鐵刀身砍殺用的武器。刀身單純是引導用的工具，負責切割目標的是魔法刃。只要反轉分子間作用力的力場正確形成，刀鋒稍微偏移也沒有實際損失。

一分為二的戰斧落地之後停止飛翔。

即使是注入念成為感應狀態的武器，只要失去定義時的形狀，魔法就出現破綻。這一點和一般的武裝演算裝置相同。

艾克圖魯斯停止追擊。既然「舞刃陣」需要以有形的實體物質做為媒體，事先能準備的「子彈」數量就有限。艾克圖魯斯現在是「彈盡」狀態。

卡諾普斯還沒找出艾克圖魯斯躲在哪裡。但即使時間短暫，艾克圖魯斯不再攻擊的現在是削弱敵方戰力的機會。

現在卡諾普斯眼中所見的敵人是貝格與斯琵卡兩人。

斯琵卡的「分子切割投擲槍」具備首見必殺的特性，但是只能在伸手所指直線上的狹窄範圍

發揮效力，只要知道這個術式性質就不難對付。

卡諾普斯決定先制服更棘手的對手貝格。

他使用魔法牽制斯琵卡，朝貝格作勢使用「分子切割」砍下，實際上卻是射出電漿化的空氣彈。

提防「分子切割」的貝格完全沒料到，著實挨了這顆電漿彈。為了避免造成致命傷，卡諾普斯沒把電漿密度設得太高，但威力還是足以暫時麻痺全身。

貝格四腳朝天倒下。看來沒有完全昏迷，但是看起來無法自由使喚手腳。

卡諾普斯轉身面向斯琵卡。他打算收拾斯琵卡之後和艾克圖魯斯一對一。

但卡諾普斯視線前方不只是斯琵卡的嬌柔身影，還有艾克圖魯斯的魁梧身體。

「卡諾普斯少校，請停止抵抗。」

新的人影進入視野。

是伊安·貝勒托立克斯少尉與山穆爾·厄尼拉姆少尉。

在先前的微型黑洞實驗化為寄生物的第六隊兩人，從兩側抓著受傷意識不清的厄格魯手臂拖他過來。

斯琵卡睜大雙眼。看來這波增援也令她感到意外。

「……拿他當人質嗎？」

卡諾普斯以盡顯厭惡感的語氣詢問艾克圖魯斯。

「肖拉少尉也已經在剛才落入我們手中。」

艾克圖魯斯沒回答卡諾普斯的問題，又打出手上的一張牌。

「卡諾普斯少校，貴官的目的應該是讓希利鄔斯少校逃走，這個目的肯定已經達成。不覺得擴大損害的這種戰鬥毫無意義嗎？」

「是你們引發這場無意義的叛亂。」

對於卡諾普斯的批判，艾克圖魯斯以沉默回應。

這種道理對於化為寄生物的對象不管用。卡諾普斯本來就知道這一點。

他放開日本刀造型的武裝演算裝置。

「……我投降。」

「我們會保證貴官的安全。」

「只限於身體嗎？」

卡諾普斯挖苦詢問。

「我們不打算讓貴官加入。」

艾克圖魯斯以不是滋味的表情回應。

的單人房。

一反卡諾普斯的預測，他不是被帶到單人拘留室，而是其他單位的高級軍官訪問基地時使用的單人房。

◇　◇　◇

包含武裝演算裝置的所有武器當然沒收，但要逃走應該不難。ＣＡＤ如今堪稱現代魔法師的必備工具，然而並不是使用魔法時絕對不可或缺的東西。此外雖然有方法讓人難以使用魔法，讓人完全無法使用魔法的一般技術卻尚未確立。卡諾普斯也聽說特殊的精神干涉系術式可以妨礙別人發動魔法，但至少STARS編制下的隊員沒人能使用這種魔法。

不過卡諾普斯別說逃走，甚至也沒離開房間。過了好幾個小時都沒人送餐點過來，他只靠房內附設冰箱裡的礦泉水撐到晚上。

使者來叫他的時候，已經是晚上九點多。

他在貝勒托立克斯少尉與厄尼拉姆少尉左右包夾之下，前往司令官室報到。

司令官辦公桌前方擺著一張椅子。

艾克圖魯斯和貝格坐在室內其中一面牆邊的椅子上，對側牆邊坐著一臉不高興的第五隊隊長卡佩拉少校。

「卡諾普斯少校，坐吧。」

卡諾普斯聽從基地司令渥卡的指示，敬完禮坐在辦公桌正前方。

「那麼，卡諾普斯少校。你涉嫌協助拉爾夫．哈迪．瑪法克少尉脫逃，並且在協助的過程中傷害同袍。」

卡諾普斯臉上浮現意外感。

渥卡早已猜到他的反應。

「關於希利鄔斯少校的渡航，已經準備好以正式軍令的形式發布。不愧是巴藍斯上校，了不起。」

換句話說，關於莉娜這部分沒有問罪的餘地。

卡諾普斯臉上的意外感消失，回復為撲克臉。

「我想貴官也知道，對於日本的戰略級魔法師司波達也，高層的意見出現分歧。」

「屬下知情。」

要堅持將達也視為威脅抹殺？或者說即使是威脅，依然納入USNA的全球戰略利用？USNA軍方高層可說是基於這兩個意見分成勢均力敵的兩派。抹殺派幾乎等於是將日本視為西太平洋競爭對手的勢力，利用派幾乎等同於將日本視為同盟國，將日本勢力當成封鎖大亞聯盟、新蘇聯進出太平洋門戶的防波堤。

「但是貴官肯定能理解那個戰略級魔法過於強力，不可能利用。」

「………」

卡諾普斯以沉默回應渥卡這番話。

渥卡稍微蹙眉，但立刻回復為原本公事公辦的表情繼續說。

「我認為應該抹殺司波達也。艾克圖魯斯上尉與貝格上尉也持相同意見。」

「司令官閣下，他們的『健康狀態』有一大隱憂。」

卡諾普斯這句委婉的控訴，由艾克圖魯斯本人回應。

「卡諾普斯少校。我這具身體確實化為寄生物，但我對祖國的忠誠不變。這正是構成我核心的靈魂。」

艾克圖魯斯正對面的卡佩拉明顯板起臉。

「關於艾克圖魯斯上尉的處置正在檢討中。」

渥卡沒將卡諾普斯的警告聽進去。

在這個時間點，卡諾普斯確信渥卡已經受到寄生物的精神干涉。不是將對方化為傀儡的精神干涉，而是思考誘導。麻痺理性的限制器，刺激當事人本來就懷抱的慾望或危機意識，沒發現自己被操縱，就這麼被恣意操控——卡諾普斯推測渥卡陷入這種圈套。

「少校，看來貴官不贊同暗殺司波達也。」

「即使無法避免敵對，也不應該使用暗殺之類的手段。」

「……這種漂亮話在這個世界不管用。我想貴官應該也很明白吧？」

「屬下不認為這是非得否認漂亮話的論題。」

卡諾普斯不否定骯髒手段本身。某些事情無法按照表面上的說法解決。這種程度的事情不必聽別人說，卡諾普斯從自身經驗就徹底領會。

但是需要制動裝置。要是讓「因為必須這麼做」這個藉口無限制通用而寵壞自己，軍隊立刻會墮落成為純粹的暴力集團。這也是卡諾普斯自我警惕的信條。

「……卡諾普斯少校，來做個交易吧。」

渥卡放棄說服卡諾普斯，改變話題。

「是司法交易的意思嗎？」

「沒錯。」

卡諾普斯這句反問，是表明自己不接受非法協商的牽制球。但是渥卡很乾脆地肯定，卡諾普斯不由得放鬆緊張的心情。

渥卡趁機掌握交易的主導權。

「一旦召開軍法會議，參謀總部應該會介入。考慮到本部隊的特殊性，這是無法避免的。若以現在的狀況開庭進行少校的軍法審判，法庭肯定會成為司波達也抹殺派與利用派爭吵的戰場，對於渥卡的推測，卡諾普斯沒提出異議。

因為這確實是可能的演變。雖然這麼說，但這個對立導致軍方機能受損的可能性極低。高層沒有這麼愚蠢。

如果在平常，卡諾普斯應該會反駁。然而一旦被長官掌握主導權，即使知道對方理智不正常也難以提出否定意見。

「只要貴官承認對雷谷魯斯少尉犯下過失傷害罪，我會將瑪法克少尉的脫逃改為出任務時失蹤來處理。關於厄格魯少尉與肖拉少尉，我也保證會從輕量刑。」

「——具體來說會判處什麼樣的刑罰？」

卡諾普斯已經明白抗辯也沒用。

「一年徒刑。」

以司法交易來說判得很重。不過考慮到自己對於寄生物來說是眼中釘，可以和他們保持物理距離的徒刑或許是理想的選擇。卡諾普斯這麼心想。

「此外，服刑期間會當成正在執行潛入任務。這樣就不會傷害到貴官的資歷，也會避免你的家人為此傷神。」

「……知道了。但我也要提出兩個條件。」

「說來聽聽。這邊會盡量配合。」

渥卡的態度軟得令人意外。不知道是潛意識正在抵抗思考誘導，還是承認卡諾普斯的戰力價值想避免決裂。

兩者都有可能。

「我希望在中途島監獄服刑。」

「……這樣就好？」

渥卡以試探真意的眼神觀察卡諾普斯的表情。中途島的軍用監獄完全和社會隔離，是最不受歡迎——也就是監禁重大罪犯的場所。

「這樣不是也比較合司令官閣下的意嗎？」

這麼一來應該就不必擔心自己妨礙了。卡諾普斯話中帶刺這麼說。

渥卡瞬間板起臉，但立刻消除不悅的表情。

「知道了。我會這樣安排，所以另一個條件是？」

「厄格魯少尉與肖拉少尉，也請您採取同樣的處置。」

「意思是兩人同樣『收容』到中途島軍方監獄嗎？」

「那兩人也會被處刑吧？」

對於渥卡的挖苦，卡諾普斯完全不為所動。

「——交易成立。由卡佩拉少校護送你們去中途島。」

渥卡收起表情告知。

坐在牆邊的艾克圖魯斯上尉與貝格上尉露出滿意的微笑。

坐在兩人正對面的卡佩拉少校，始終掛著不高興的表情。

卡諾普斯、厄格魯與肖拉的徒刑很快在隔天正式定案。

程序進行的速度快到非比尋常，使得五角大廈也有不少人起疑。

然而包括巴藍斯上校在內，沒人試著阻止這項決定。

〔2〕

二〇九七年六月二十三日，星期日早晨。

USNA參謀總部直屬魔法師部隊「STARS」總隊長「安吉・希利鄔斯」，本名安潔莉娜・庫都・希爾茲的她正在小型VTOL的機上。

通稱莉娜的安潔莉娜，被和寄生物同化的隊員誣告是叛徒，差點在總部基地遭到暗殺。暗中和四葉家聯手的參謀總部巴藍斯上校安排她逃到日本，直到前天都投靠四葉分家的黑羽家，不過昨晚在達也與深雪的自家住宅過夜。

如今她正要移動到新的藏身處。房總半島南方約九十公里，三宅島東方約五十公里海面上的「巳燒島」。這座小島是在二十一世紀第一年的海底火山活動新形成的島嶼，所以也被稱為「二十一世紀新島」。雖說是小島，但現在面積成長到八平方公里，和東京的國立市差不多大。

這座島是莉娜新的藏身處。

巳燒島全島已經成為四葉家的私有地。正確來說是四葉家旗下不動產公司的持有地，但實際上沒有兩樣。

四葉家獲得這塊土地的背後，有著島嶼的特殊歷史。

巳燒島原本設置了國防海軍的補給基地。但是二〇五〇年代火山頻頻爆發使得基地作廢，在別名第三次世界大戰的二十年世界連續戰爭終結之後，成為軍方與民間魔法師專用的「祕密」監獄，委由四葉家負責管理。因為除了四葉家，沒人能「徹底」管理擁有強大力量的魔法師罪犯。

四葉家接下祕密監獄的業務，因而取得巳燒島。

但是在二〇九三年一月，以島嶼東側（監獄另一側）的火山爆發為契機，監獄開始檢討是否遷移，在二〇九五年決定遷移地點。然後在二〇九七年五月，也就是在上個月，新的祕密監獄興建完成，囚犯也移送完畢。

囚犯用的設施需要改建，但監所管理員使用的建築物隨時可以入住。此外，監獄沒使用的島嶼東側正在進行魔法實驗設施的建設計畫。雖然四月剛開工，不過基於達也ESCAPES計畫的魔法核融合爐能源設施，如今也會建設在此地。

達也與深雪也一起搭乘小型VTOL。第一目的是引導以及監視莉娜，不過達也的另一個目的是視察該能源設施的建設預定地。

ESCAPES計畫是在上個月底決定在巳燒島實行。達也造訪過巳燒島好幾次，也已經理解地形與氣候，卻不曾以「該處要建設什麼設施」的視角視察。是否有什麼自然條件不利於自己的計畫，確實需要好好檢查一次。

「達也大人、深雪大人、希爾茲大人，本機即將著陸。」

駕駛小型ＶＴＯＬ的花菱兵庫告知達也等人。這架ＶＴＯＬ除了駕駛員限乘六人，駕駛座與客座沒有隔開。兵庫的聲音以自駕車的感覺直接傳到達也等人耳中。

「挺大的耶。基礎建設看來也意外完善。」

第一次看見這座島的莉娜，直接說出看過的感想。

「也對……變了好多。」

深雪來過一次，但是和當時殺風景樣貌截然不同的景色令她難掩驚訝。

「深雪來過這座島？」

「嗯，四年多前。」

四年前造訪的時候只有西海岸區域有監獄設施群，島上幾乎都是黑色岩石與砂子的熔岩原。不過現在放眼俯瞰的巳燒島，島嶼北部是具備短跑道的機場與鄰接的淡水化設施，中央山腰是地熱發電廠，東部並排興建十幾棟中等大樓。

達也同樣深感意外，但他和深雪驚訝的點不一樣。

（……那是感應石的精製工廠嗎？）

（那邊是大型電算中心……）

達也在大樓群發現某些建築物具備他在ＦＬＴ研究所看過的特徵。

然後忽然明白了。

要在這座島嶼建造四葉家新的「根據地」。

達也不是曾經聽真夜親口說明這個計畫嗎？

在巳燒島建設ＥＳＣＡＰＥＳ計畫的設施。

不過這個計畫沒有排除四葉家建設第二根據地的計畫。

真夜以及四葉家在這裡建設開放性的實驗設施，同時將在一旁建設封閉性的研究設施。大概是想在聚集參與ＥＳＣＡＰＥＳ計畫的研究員之中挑選特別優秀的人才納入四葉家吧。為了讓魔法技術更上層樓。

小型ＶＴＯＬ降落在停機坪。這裡的跑道不足以讓大型機起降，然而不只是ＶＴＯＬ或ＳＴＯＶＬ，五十人座的小型噴射機要在這裡起降綽綽有餘。可見四葉家多麼認真開發巳燒島。只不過終究沒有鐵路或單軌電車。四人搭乘管理魔法師監獄的四葉分家之一——真柴家準備的自動車（由兵庫駕駛）前往島嶼西岸。

繞過持續小規模活動的火山，抵達監所管理員用的宿舍大樓。路上兩側和以前一樣都是熔岩原與岩石的海岸。看來島嶼開發著重在和監獄相反的東側。

沒了囚犯，約半數的管理員也離開島嶼。離開的主要是看守員，和囚犯一起遷移到新監獄。設施的經營要員全部留下。宿舍大樓也維持隨時能入住的狀態。

「嗯……與其說是旅館，更像是分租公寓耶。」

莉娜被帶到屋內看過一輪之後說出這句感想。達也與深雪都對她的印象沒有異議。

「冰箱與儲藏庫也已經備好食材，看來除了衣服暫時不缺其他東西。」

「……是啊。」

莉娜表情之所以微妙，大概是達也這個男性擔心她穿衣服的問題使她內心複雜吧。同為男性的部下瑪法克，也在莉娜即將逃離美國之前說過類似的話，或許她是因而更加在意。

「這棟管理設施不只是住家，日用品商店、訓練室與娛樂室都一應俱全。要不要也先過去看看？」

提出這個建議的是不知何時從監所人員那裡搶走嚮導工作的兵庫。

達也以視線徵詢莉娜的意願。今天的視察是要讓莉娜親自確認巳燒島的監獄設施是否能用為藏身處。莉娜一直認定自己別無選擇，但這是她誤會了。如果莉娜說「不要」，四葉家就會準備下一個藏身處，只是安全程度不如這裡。

「……可以請你帶路嗎？」

莉娜誤以為自己在這裡也沒有說「Ｎｏ」的權利。她將此當成無法避免的儀式，向兵庫這麼回應。

「那個……真的可以讓我住在這裡嗎？」

這是莉娜逛設施一圈回房之後的第一句話。

「看來妳中意這裡，真是太好了。」

達也覺得由自己回答很奇怪，但莉娜問的對象是他。總之他先以腦中想到的話語回答。

「如果這樣還說我不中意，感覺我會遭天譴……」

莉娜的聲音透露疲勞感。不是身體上的疲勞，是精神上的疲勞，她驚訝到累了。

讓她看見的各種設施絕對不算豪華。

只是也不缺任何東西。

令人猜想生活上可能受限的要素完全不存在。

這個房間也一樣。即使除去無法外出這一點，也可能比STARS的宿舍還舒適。這和莉娜所想像「拘束的逃亡生活」相差甚遠。

「而且，連那種東西都讓我看見沒關係嗎……？」

莉娜的雙眼不安晃動。

以她為主賓的這趟導覽之旅，目的地不只是監所設施，還包括正在建設的研究所。

居住相關設施逛過一圈之後，達也、深雪與莉娜三人搭乘監所直升機前往島嶼東部。駕駛依然是兵庫。與其說不相信監所人員，應該說兵庫好像不想把「達也司機」這個位置讓給別人。兵庫開始服侍達也至今才兩個月左右，但兵庫大概是在達也身上找到值得效忠的某種特質吧。

早早就像是已經成為達也忠臣的兵庫，最後帶領他們來到的地方，是達也在即將降落的機上注意到的感應石精製工廠。

感應石是ＣＡＤ的心臟，基本的製造方法廣為人知。當成軍事技術研發的ＣＡＤ相關技術沒以專利保護，相對的也沒有公開。不過同盟國之間的技術供給與間諜戰的技術外流持續進行，如今保密已經沒有意義。

但這始終是基本技術。以實質公開的技術可以製造感應石，卻無法精製高性能的感應石。

感應石是將想子訊號與電流訊號進行雙向變換的元件。但是並非所有感應石都一樣能將想子訊號變換為電流訊號、從電流訊號發出想子訊號。性能會依照設計改變，效率會因為完成前的加工而進一步變化。

某些感應石將想子訊號變換成電流訊號的效率高，以另一條加工線精製的感應石則是將電流訊號變換成想子訊號的效率高。某些感應石的優點在於變換微弱訊號的能力，某些感應石的優點則是忠實重現訊號的能力。

例如以感應石的綜合能力來說，評價較高的依序是德國的羅瑟魔工所、英國的麥葛瑞格魔具廠、美國的馬克西米利安研發中心。但是如果只看訊號重現的正確性，日本的ＦＬＴ被譽為世界第一的企業。軍方或國家研究機構直接製造的感應石性能沒人清楚。

感應石的設計是各企業與各國重要的智慧財產。讓局外人參觀感應石精製工廠，以魔法產業的知識來看是匪夷所思。莉娜所說「連那種東西」這段話反映了這項「常識」。

「若能理解這一點，就不會想要貿然接近吧？」

「……這種不懂分際的行為，我從一開始就不會做。」

達也的回答令莉娜顯露不滿，但她的語氣缺乏力道。

必須在這座島上躲多久？現階段不得而知。

躲藏久了，緊張與顧慮的心情肯定也會逐漸沖淡。如果不曉得那個區域的重要性，或許會不小心闖進去，和警衛發生不必要的糾紛。

莉娜無法親口完全否定這個可能性。

「也對。」

達也簡單帶過莉娜的回應，轉身看向兵庫。

只以視線示意，兵庫就將不知何時拿在手上的漂亮信封交給達也。

「莉娜，這是這個房間的鑰匙。」

「謝……謝謝……」

莉娜打開沒封口的信封確認內容物。

從信封拿出來的是一張金色ＩＣ卡。

「包含用餐與購物，這張卡可以自由使用島上所有設施。遺失也可以補發，但是必須以有點麻煩的程序確認本人身分。」

「知道了。我會小心。」

莉娜以雙手小心翼翼握住卡片。

「發生什麼事就用房內的有線終端裝置打電話。不是打給我也沒關係，已經設定成可以打給深雪、亞夜子或是四葉本家。」

「收到。」

「有其他想問的嗎？」

「現在沒有。有不知道的事會打電話問。」

「就這麼做吧。」

達也朝深雪轉身。

站在達也斜後方的深雪向前半步。

「那麼莉娜，放輕鬆住吧。我會再來見妳。」

「嗯。真的在各方面謝謝妳。」

莉娜像是有點害羞般微微揮手。

深雪輕聲一笑，輕輕揮手回應。

◇◇◇

「達也大人，屬下還想讓您看一個東西。」

達也走向停車場的時候，後方隨行的兵庫這麼說。

今天除了視察這座島就沒有安排其他行程。達也回應「沒問題」指示兵庫帶路。

兵庫帶達也與深雪前往機場跑道旁邊的機庫。裡面只停了一輛淡藍色烤漆的四輪短頭車。

「真奇特的設計。中置引擎……看起來也不像。」

車體中央正如達也所說是引擎室，但是裡面並不是真的安裝引擎。如果是氫氣引擎或乙醇引擎就可能是中置引擎的配置，但如果是電動車，主流設計是分別在前後設置前輪用與後輪用的馬達，或是在各車輪內建馬達。而且這輛車明顯具備以電動馬達驅動的特徵。

「這輛車是『飛行車』。」

「……飛行魔法車的意思嗎？」

達也稍微睜大雙眼難掩驚訝。

「正是如此。研發計畫本身和附加飛行功能的機車『無翼』同時在兩年前著手進行，不過在上上個月從達也大人這裡獲得點子之後終於好不容易完成。這是屬下聽到的資訊。」

達也確實在今年四月構思了大質量物體用的飛行魔法新架構。但他各方面都很忙，向本家提出草案之後就這麼收進意識一角。

這份草案以料想不到的形式開花結果。達也有種出乎意料的感覺。

「這輛車已經登記為公路用車，所以可以在日常生活使用。」

「也可以用來在這座島來回是吧？」

「當然，只要您吩咐，屬下會立刻前來。」

兵庫一臉嚴肅地回應，但達也從開始就不覺得自己被瞧不起。

「哥哥，要不要試試看？」

深雪在一旁建議試乘。

「不，今天就免了。」

表情稍微猶豫的達也搖了搖頭。但他並不是對這輛「飛行車」沒興趣。

「明天再測試。」

「知道了。屬下會這樣告訴技師。」

達也不願意在試駕的時候將深雪扔在一旁。他決定在深雪上學的時間進行空陸兩用車「飛行車」的測試。

◇◇◇

達也等人造訪巳燒島的這時候。

即使是星期日，外務省與防衛省也面臨一場小小的騷動。

ＵＳＮＡ透過外交管道向日本提出一項機密要求。

協助搜索在日本銷聲匿跡的安吉・希利鄔斯少校，一旦發現就拘留並移交給大使館。以上就是委託的內容。

沒有事先通告就讓高級軍官入境，日本政府對此向ＵＳＮＡ抗議。但是美方反駁說並非基於軍事目的來到日本，即使是睜眼說瞎話，日方也無法繼續責備。

日本政府向ＵＳＮＡ允諾會搜索並拘留安吉・希利鄔斯。

「下官認為美國的要求恬不知恥，但同時也合乎道理。只不過為什麼要求我們一〇一旅處理這個事件？」

「風間中校，我也很累。可以不要假裝不知情嗎？」

「恕下官失禮。」

受到佐伯的斥責，風間以嚴肅表情掩飾。

不過他只是以臉部肌肉做表情，雙眼散發挖苦的氣息。

佐伯如自己所說，精神上的疲勞透露在臉上——換言之就是以不耐煩的表情瞪向風間。

但風間沒有進一步道歉。

撐到最後先舉白旗的是佐伯。

「下官知道希利鄔斯少校正由四葉家庇護。」

「但我聽到的說法是四葉家通知你的？」

「與其說是報告更像是警告。」

「安吉・希利鄔斯在我們的庇護之下，國防軍不准出手……是這個意思嗎？」

「應該是這麼回事吧。」

佐伯一臉有苦難言般點了點頭。這次風間也和她擺出相同表情。

「閣下認為和大黑特尉有關？」

「是的，中校。我的想法和貴官一樣。」

關於去年冬天「大黑特尉」達也和「安吉・希利鄔斯」莉娜之間產生的交流，佐伯與風間都大致知曉。

USNA的國家公認戰略級魔法師「安吉・希利鄔斯」。四葉家庇護她的原因只可能和達也有關。這是風間他們的推理。他們的推理沒錯，但是他們不知道四葉家和巴藍斯上校的密約，會

這麼推測或許也在所難免。

「要向大黑特尉……更正，向達也要求交出希利鄔斯上校嗎？」

「最終應該會引渡給USNA吧。」

佐伯的回答在形式上沒答覆到風間的問題。但是佐伯的意圖充分傳達給風間。

「最終」。換句話說不會立刻引渡。

大概是想拿莉娜當成某種交易籌碼吧。

「天狼星」希利鄔斯是國家公認戰略級魔法師。USNA的王牌之一。

美軍的王牌不可能只有天狼星，但是王牌落入對方手中將成為威脅。

若是為了取回（或處分），或許可以誘使美軍進行不小的讓步。

「……希利鄔斯為什麼落得必須逃走的下場？」

戰略級魔法師是一個人就可能成為國家威脅的存在。至少肯定要慎重「管理」到不會想背叛的程度才對。

風間的疑問很中肯。

「說來遺憾，沒能得到詳細的情報。」

國防軍也有派間諜潛入美國。不會因為是同盟國就不列入諜報行動的對象。認為同盟關係永續又絕對不會變質的人沒資格參與軍事或政治。

不過防諜方的想法也一樣。日本提防美國的間諜，美國也同樣或更加提防日本的諜報行動。國家公認戰略級魔法師脫逃的相關情報肯定無法輕易掌握。

「不明就裡就出手很危險吧？」

「不過這種事應該問當事人就好。」

確定接管希利鄔斯之後再直接詢問就好。佐伯好像是這麼認為的。對於長官的想法，風間隱約感受到某種危險，卻無法說明根據。

「那麼下官去委託達也讓我們見希利鄔斯。」

「為什麼需要『委託』？」

只有這次，風間無法理解佐伯想說什麼。

佐伯無視於風間的疑惑下令。

「風間中校。命令『大黑特尉』引渡安吉・希利鄔斯少校。」

「『達也』拒絕的話要如何處置？」

「我不喜歡強硬手段。但是不能把希利鄔斯留在國內，國防軍的這個意向沒有誤解的餘地。請這樣轉告他吧。」

換句話說就是即使政府或國外勢力想抓走希利鄔斯，一〇一旅也不會協助達也的意思吧。

「遵命。」

風間不認為達也從一開始就想依賴他們。

也理解到身為正規軍人的己方不可能藏匿政府沒認同逃亡的外國將校。

只不過風間也不認為這是正確的做法。

下午也已經接近傍晚了，但達也與深雪從巳燒島返回東京之後，只回自家一趟就立刻前往水波的病房。

途中，他們數度在醫院外面和十文字家，在醫院裡面和四葉家所派遣像是魔法師的人擦身而過，但達也刻意佯裝不知情。如果以護衛水波為第一考量，顯眼一點肯定比較有效，之所以表現得避免他人注意，應該是以逮捕光宣為優先吧。達也不想計較這個方針。

「但我希望至少病房前面要好好監視。」

不過深雪內心的不滿，足以讓她發這種牢騷。

在達也敲病房門的時候，深雪已經完全收回這份不滿。

「水波，方便進去嗎？」

「好的，請進。」「不准進來。」「深雪學姊也一起嗎？」

達也與深雪轉頭相視。

以三重唱傳來的回應都是熟悉的聲音。

達也回應水波的許可開門。

從床頭轉過來的兩張臉長相如出一轍，表情卻成為對比。

板著臉表達不悅的是七草香澄。

以滿面笑容表達喜悅的是七草泉美。

她們是第一高中的學妹，七草家的雙胞胎姊妹。

「泉美學妹、香澄學妹，妳們都來探望水波？」

「是的。同學明明在住院，我們覺得只有護衛的話很無情。」

依照師族會議的決議，七草家負責迎擊與逮捕九島光宣。香澄與泉美都沒受命護衛水波。

「這樣啊，謝謝妳們。」

不過深雪以笑容回應泉美。

這種事不必在這裡──在水波面前指摘。而且這兩人或許除了自己應負的職責，還以同學的身分來探視水波。想到這裡，深雪內心自然冒出「謝謝」的心情。

「啊嗚！學姊這麼說，我承擔不起……」

泉美難受地按著胸口，發出感慨至極的聲音。大概想表達幸福到難受的心情吧。這反應有點

裝模作樣，但當事人非常正經。

達也與深雪都沒消遣泉美這個誇張的舉動，只有掛著微笑旁觀。床上的水波稍微移開目光。只有雙胞胎姊姊香澄朝泉美投以冰冷的視線。

達也走向水波，香澄相對移到側邊保持一定的距離。

深雪跟著達也過去，泉美將空間讓給深雪。

結果變成達也他們取代香澄她們的位置。

「水波，身體怎麼樣？」

達也站到床邊問。枕邊擺著凳子，但只有一把，所以他與深雪都沒坐。

「是，已經慢慢復原了。」

她沒有明講是「知覺」復原，大概是因為沒向香澄與泉美說明詳細的病情。

看水波已經不必輔助外骨骼（醫療用的穿戴式動力輔助裝置）的協助，就知道她的身體正逐漸回復力氣，但是光從外表看不出知覺障礙的問題。

「太好了……」

聽到水波親口說症狀改善，深雪右手按著胸口鬆一口氣。

「這樣啊。」

達也也稍微揚起嘴角。

「或許不需要我再說一次，但妳不用勉強自己早日康復。」

「好的。」

雖然不知道真正的想法，但至少水波表面上看起來沒焦急。

「醫生怎麼說？」

「再兩週左右應該能出院。」

對於深雪的詢問，水波也以平靜的語氣回應。

「也包括復健嗎？」

「我沒問這麼詳細。」

既然還要兩週，那麼住院期間總共約一個月。達也聽著深雪的詢問與水波的回答，思考是否要帶琵庫希回家協助水波復健。

「是嗎？啊，不過就算需要在家裡復健，妳也不用擔心喔。」

雖然不需要焦急，但深雪像是掩飾般加快說話速度補充。

「要我們怎麼幫忙都沒問題。」

「怎麼可以，不敢當！」

這次是水波慌張了。

雖然可能不是這種狀況，不過聽到水波可以正常說話，達也在這時候也實際感受到她正在回

復。

「我希望妳別客氣就是了……」

「可是……」

深雪有點難過，水波更加為難。

此時泉美提出意外的要求。

「深雪學姊，如果方便的話，我想在她出院之後幫她復健。」

「妳要幫忙？」

「是的。但前提是不會影響到你們。」

這時候懷疑泉美的真意應該是胡亂猜忌吧。達也如此揶揄自己。

泉美是以同學身分為水波著想，肯定不是基於想進入深雪家的慾望而這麼說。

「泉美……妳該不會想利用櫻井同學，長時間待在會長家……妳應該沒這麼想吧？」

然而香澄毫不客氣問了達也自重的這個問題。

「太……太遺憾了！我沒這種非分之想！」

可惜泉美的表情與聲音都浮現慌張的樣子。

香澄雙眼半開注視泉美。

泉美沒別過頭，視線卻像是避免四目相對般游移不定。

「……會長。泉美登門造訪的時候，我也會一起去。」

對於香澄這番話，深雪只露出含糊的笑容回應「謝謝妳們兩人」。香澄半強硬拉著泉美，兩人就這麼先離開病房。

達也等三人目送雙胞胎姊妹離開之後，彼此相視露出類似的笑容。傻眼卻討厭不了她們。就是這樣的笑容。

泉美在同年級之中是清純文雅的美少女。不過在達也他們之間，或許把她視為有點脫線卻值得疼愛的角色。

達也從房間角落拿凳子來坐。

深雪坐在原本就放在床邊的凳子。

「即使如此，還是像那樣來探望，所以很謝謝她們……」

深雪自言自語般輕聲說。

達也在這部分也完全同感。

對於七草家來說，水波只不過是用來捕捉光宣的誘餌。

不應該批判這種態度。因為七草家派人手過來，是以十師族的身分遵從師族會議的決定。七草家原本和這個事件無關。

七草弘一主動參與是有他自己的盤算。即使如此，水波對於七草家來說依然只是誘餌。站在他們的立場，這是正確的認知。

「那兩人或許不適合吧。」

達也沒清楚說明不適合「什麼」。但是不只深雪，水波也理解他省略的話語。

香澄與泉美都不適合成為十師族。若問姊姊真由美是否適合，或許也不適合吧，即使如此，她在態度上還是會以立場與義務為優先。但香澄與泉美在某方面來說會把正確性放在立場前面，把人情放在義務前面。

一言以蔽之就是「善良」。

「我認為這不是壞事喔。也有點羨慕。」

深雪輕聲說出的這段話，證明她和達也抱持相同的感受與想法。

「話說水波……」

達也突然換了話題。

「有，請問什麼事？」

即使突然被叫到名字，水波也沒慌張。

「在那之後沒有異狀嗎？」

「意思是光宣大人沒來接觸嗎？」

「不限光宣本人。」

「我沒見到可疑的訪客。」

水波先是這麼回答，然後補充說「睡著的時候就不知道了」。

「我不認為光宣已經放棄。是在進行某些準備嗎？例如召集部下之類的……」

深雪有點不安地仰望達也的臉。

「有這個可能。」

距離上次的襲擊已經一週。無法想像光宣在這段時間什麼都沒做。

雖然沒有清楚確認，但光宣繼承了周公瑾的知識。應該不只是魔法知識吧。

以九島家為首的「九」各家系不可能背叛師族會議，所以很難從這裡召集自己人。但或許可以從周公瑾建立的幹員網路挑選手下。

「封印寄生物的術式，或許應該請姨母大人傳授給我。」

深雪與水波同時露出慌張神情。

聽到「封印寄生物的術式」，水波以為是要用在光宣身上。

但深雪擔憂的是另一件事。

「哥哥……您認為光宣在增加寄生物？像是去年冬天的『吸血鬼』那樣？」

「我不認為光宣見到人就會襲擊。不過即使不當人類也要獲得力量的人，我認為不在少數，或許也不難找。」

深雪沒否定達也的推測。不只是深雪，水波也沒開口質疑這番話，不是因為這話出自達也之口，而是因為關於人類的這種弱點，她們兩人心裡都有數。

「哥哥，那個，我現在才想到……是不是也應該警告一下艾莉卡他們？」

「……說得也是。我太大意了。」

達也一臉驚覺般的表情點頭回應。

艾莉卡、雷歐與幹比古三人在去年秋天見過光宣。不是以敵人身分，而是以自己人的身分。即使光宣出現在面前，他們也不會提防吧。

光宣可以隱藏寄生物的氣息。幹比古說不定會察覺光宣的真面目，但艾莉卡與雷歐很可能受騙。

沒設想他們三人被利用的可能性，確實可以說是達也大意。

「不，我也是直到現在都沒察覺……艾莉卡他們那邊由我來說吧？」

「不，由我說。明天白天預定要測試飛行車，所以放學後在『艾尼布利榭』等我。」

「……可以嗎？」

深雪像是再度確認般反問，因為她擔心是否可以被店長聽到這件事。

「沒關係。比起貿然在校內說，在那裡被偷聽到的風險應該比較低，而且說不定會請店長協助。」

「請店長……？」

艾尼布利榭店長的父親是幹練的情報販子，店長自己也參與情報買賣，這部分達也沒有知道得很清楚。

只不過，達也確信店長不是正派人物。他從店長身上嗅到深雪不知道的社會黑暗面味道。

「沒事，我知道了。」

深雪沒向達也詢問店長的真實身分。如果是自己必須知道的事，達也會主動告知。既然達也沒說明，她認為應該是自己現在不必知道的事。

「好的。」

「我會和艾莉卡他們在艾尼布利榭等您……那個，哥哥，方便讓穗香、雫與美月同席嗎？」

「我不太想牽連更多人……但是沒告知也是一種風險嗎？知道了，找大家來吧。」

達也和深雪相互點頭，然後一起看向水波。

「……請問有什麼事？」

達也與深雪看著水波遲遲沒開口，水波感受到更勝於焦急的不安如此詢問。

「現在這麼問或許有點晚，不過……」

回應水波詢問的是深雪。

「水波，妳對光宣是怎麼想的？」

「怎麼想……？」

水波的臉染上為難的神色。

出乎意料的詢問使得她的思考暫時麻痺。

「光宣好像喜歡妳。」

「喜歡……」

思考能力沒能正常運作，水波只能複誦聽到的字句。

「水波，妳喜歡光宣嗎？」

「我……喜歡？」

水波發出走音的聲音。看來她慌張到頂點之後反而喚回意識。

「喜歡光宣大人這種事，屬下至今沒想過！」

「應該只是妳至今沒想過吧？」

達也就這麼使用水波的話語矯正她的誤解。

「喜歡或討厭，或是漠不關心，單純是妳沒意識過吧？」

「我們絕對不是好奇才問妳的。」

「…………」

水波無法理解達也與深雪想說什麼。

她甚至不知道該怎麼問。

「我想應該不會討厭，但如果妳喜歡光宣……」

「妳就非得做好覺悟了。」

「『覺悟』是指……和光宣大人戰鬥的覺悟嗎？」

水波自己沒意識到，但是在這個時候，她臉上露出悲壯的表情。

「戰鬥的是我們。」

達也否定的語氣也相當強硬。

「我希望盡量別殺掉光宣。但迎擊光宣的不是只有我。」

水波不發一語微微點頭。

除了四葉家，十文字家與七草家也在等光宣出現，這件事沒告訴水波。但是水波已經察覺至少七草家有加入這場逮捕光宣的作戰。

畢竟水波沒聽漏剛才泉美說溜嘴的「護衛」兩個字，除去這一點，她也不會認為香澄等人的來訪單純是探視同學。水波可不是在這種「平凡」的環境長大。

「而且光宣很難對付。想活捉的這種天真想法或許不適用。」

「屬下認為這是在所難免。」

「妳的大腦應該能理解吧。我不懷疑這一點。但是妳的心呢？」

「…………」

水波無法回答達也這個問題。

「我說的『覺悟』就是這個意思。水波，光宣為了救妳而捨棄人類的身分。只不過這是光宣擅自做的決定，不包含妳的意願。」

「…………」

「但妳應該沒辦法這麼輕易看開吧。妳已經得知光宣的心意了。」

「……是的。」

水波維持低頭藏住表情的狀態，承認達也這番話。

「水波，身為人類，妳猶豫是當然的。完全不需要感到內疚。」

深雪握住水波的手。

「……是。」

水波抬起頭，朝深雪投以無力的微笑。

「可是，如果妳對光宣不抱特別的情感，希望妳做好覺悟。」

「即使光宣可能在妳面前被殺，也不會出面阻礙的覺悟。」

達也接話說出決定性的話語。

達也不讓深雪說出「殺」這個字。

「如果我說……我心儀光宣大人……」

「我會思考不殺光宣就能了事的方法。」

達也露出些許猶豫之後說出下一句話。

「不過在這種狀況，犧牲可能會增加。」

水波臉色一變。

「非常抱歉！恕屬下剛才胡言亂語！」

「水波，妳冷靜。」

水波在床上撐起腰卻失去平衡，深雪從旁邊扶住她。

大概是想在床上重新坐好謝罪吧。看來她還沒回復到足以承受突然的行動。

「我不認為妳剛才亂說話。至今沒注意到的自己心意，沒辦法立刻理解是難免的。」

「不！」

深雪懷裡的水波，在眼中蘊含堅定的意志仰望達也。

「我對光宣大人不抱特別的情感。」

水波很明顯沒多想，只是一時之間順勢這麼說。

但即使在這時候指摘這一點，水波也不會承認吧。

「知道了。」

所以對於水波的回答，達也僅止於點頭接受。

[3]

六月二十四日，星期一。

達也按照前一天決定的行程，今天也造訪巳燒島。

主要目的是測試飛行車，但測試本身完全沒什麼特別好寫的。因為所有項目都發揮符合計畫的性能。此外飛行車原文「Air Car」的「Air」不是「空氣」，是「天空」或「空中」的意思，所以即使不是以壓縮空氣上浮的形式也不構成命名詐欺。和「飛機(airplane)」的用法相同。（airplane的原義是在空中水平飛翔的平板）。

「我沒想到還可以潛水。」

「技師說氣密等級即使上太空也不成問題。但因為飛行原理是干涉車體受到的地心引力，所以飛行系統超過六千公里高度就無法順利運作。」

「我可沒要開飛行車上太空喔。」

聽到兵庫說明的過剩規格，達也也不禁苦笑。

「設計成雙門也是為了減少開口增加氣密性吧。」

飛行車的車門不是側開，是向後滑開的構造。而且車窗也很厚又完全固定。這也是提高氣密性的設計使然吧。

「如您所說。只不過飛行車預設使用在陸地、低空以及海上，所以實際使用的時候也請您考量到這一點。」

「除非真的需要，不然我不會開著飛行車飛上平流層或潛入海裡。」

「不好意思。恕屬下苦口婆心再次提醒，從本島與這座島來回時最好使用海面行駛模式。」

「自動維持在高度數十公分的模式是吧？」

「是的。這麼一來，因為達也大人有遠洋用的動力小船駕照，所以不會被政府單位刁難。」

達也在滿十八歲的時候考到汽車駕照，同時也考到水上通用動力小船駕照。不用說，動力小船駕照沒納入飛行車，但如果是水面行駛模式，航行時的狀態和氣墊船沒有兩樣。應該能以達也擁有的駕照主張自己有權駕駛。

「我會的。」

有必要的時候飛上天逃走就好。缺乏守法精神的達也大概打著這種主意吧。

「那個……」

大概是認為達也與兵庫說完了，一個聲音從旁邊搭話。

「莉娜，怎麼了？」

聲音來自「被迫」參觀飛行車測試的莉娜。

「真的會讓我回去嗎？」

「我聽不懂妳的意思……」

「我的意思是說，讓我看見這種軍事機密，你們還會讓我回美國嗎？」

「莉娜，妳在說什麼？」

達也詫異看向板著臉的莉娜。

「四葉家是民間組織，所以飛行車不是『軍事機密』喔。」

「你好意思講這種話？就算不是國家的軍隊，也一樣是軍事組織吧？」

「這是誤會。我們不是軍事組織。雖然確實會使用武力獲得報酬，但這始終是副業。真要分類的話，四葉家是研究組織。」

「副業就讓全世界聞之色變，這是在開什麼玩笑……」

「自己嚇破膽卻怪到我們身上，我們也不知道該說什麼。」

「一招就把整隻艦隊連同基地與軍港一起消滅，我們怎麼可能不怕這種人啊！」

「那是我個人的力量，不是四葉家的力量。」

莉娜不禁睜大雙眼凝視達也。

在戰場造成數萬規模的敵軍死亡還堅稱這是「個人的力量」，莉娜無法相信達也會抱持這種

心態。這可以解釋成他承認親手奪走數萬人的性命。

責任是可以分擔的。「灼熱萬聖節」是在軍事衝突中發生的事件。可以宣稱戰略級魔法的使用是由軍方指揮系統決定，責任在於下令的長官，藉以逃避責任。

然而即使「自己是受命使用魔法」的事實沒變，如果承認這是屬於個人的力量，結果當然也會歸屬到個人身上。

就算沒有責任，仍然留下結果。

殺害數萬人的結果。

難道達也沒理解這一點嗎……？

（不，這是不可能的。）

達也不是逃避現實的類型。雖然來往時間不長，但莉娜至少理解達也到這種程度。達也理性接受自己是屠殺者的事實……

「……既然不是軍事機密，我也沒被限制出境吧？那就好。」

莉娜主動結束這個話題。她也是戰略級魔法師。要是繼續問下去，可能會成為自己也聽得不愉快的話題，她內心下意識踩了煞車。

「不提這個，達也，我有個請求。」

「視內容而定。先說來聽聽吧。」

兩人是在機庫裡交談。飛行車在制度上登錄為汽車（也已經領牌），所以或許應該稱為「車庫」，但是從大小或保修用的機械種類來看，「機庫」這個稱呼比「車庫」合適。

機庫一角有張戶外桌，擺了四張成套的椅子。達也走向那張桌子，所以莉娜也跟在他身後。

兵庫拉椅子給莉娜。

達也坐在正對面。莉娜也毫不客氣坐在兵庫拉出來的椅子。

兵庫端冰紅茶給達也與莉娜。

達也以眼神向兵庫道謝，然後重新面向莉娜。

「所以，妳想要什麼？」

達也開門見山這麼問，莉娜內心覺得有點畏縮，卻沒有顯露在態度上。

「我不是俘虜吧？」

「當然不是。」

「既然這樣，我投靠時交給你們保管的ＣＡＤ，我想拿回來。」

「為什麼？」

莉娜早就猜到達也會這麼問，但是實際面對時，必須稍微注入幹勁回應。

「沒東西防身，我會靜不下心。」

這句危險的話語，聽在某些心態的人耳裡會當成敵對宣言。在獨自接受保護的現狀，不應該刻意說這種話。

但是莉娜想不到無關痛癢的妥當理由，也認為明明沒有做虧心事的感覺就別隱瞞真心話。

而且憑達也的器量，不會因為這種程度的「任性」就壞了心情，莉娜內心某處這麼想。不過要是有人指摘這一點，她肯定會臉紅否定。

「但我們肯定沒讓妳受拘束吧？」

「這是心情上的問題啦！」

莉娜態度轉為強硬是因為達也在笑。總歸來說，莉娜正在對達也撒嬌，但當事人應該沒這個意思。或許應該說沒察覺。

「心情啊。哎，我能理解。」

「既然這樣……！」

「不過，沒辦法答應這個要求。」

「為什麼？」

「不能讓妳在日本國內使用ＵＳＮＡ軍的ＣＡＤ。可能內藏連妳都不知道的機關。」

「唔……」

莉娜回以像是諧星的反應。但是她非常正經看待這件事。

「不過這邊已經預備替代用的ＣＡＤ了。」

達也這句話引得莉娜上鉤。

「咦？你說預備，意思是先幫我準備了？」

「雖然希望這座設施的守備萬無一失，但對方是USNA。發生萬一時需要自衛手段吧？」

「達也……你好差勁。」

莉娜雙眼半開，以發直的視線看向達也。所謂的「賞白眼」。

「並不是瞞著妳，是妳太心急了。」

達也面不改色承受莉娜的「白眼」。

「總比過於溫吞缺乏緊張感來得好吧？」

莉娜的反駁也有中肯的一面。如果沒臉紅或許更具備一些說服力。

「CAD放在調校設施。順便也完成調校程序吧。」

「……你要幫我調校？」

「我很熟練，所以不用擔心。」

「啊……這麼說來，記得你是『托拉斯．西爾弗』的其中一人對吧？」

「就是這麼回事。」

達也站了起來。

莉娜將剩下半杯的冰紅茶一口喝光，追隨已經離開桌旁的達也。

◇ ◇ ◇

達也與莉娜從飛行車的機庫前往的研究設施，位於包含感應石精製生產線在內的ＣＡＤ工廠旁邊。可惜交通工具不是飛行車，是氫氣引擎的越野車。

「要讓妳使用這個。」

進入調校室之前，達也帶莉娜到一間像是會議室的小房間，給她看一條金色的粗頸鏈以及一個以銀色為主的寬手鐲。

「沒按鍵……難道是ＦＬＴ的完全思考操作型？」

「妳真清楚。」

達也以不像是說客套話的語氣稱讚莉娜。

「因為ＦＬＴ的完全思考操作型ＣＡＤ，在美國也成為話題……」

不必按按鍵，只需要以意念操作的ＣＡＤ，首先由德國的羅瑟魔工所商品化，日本的ＦＬＴ緊跟在後。不過第三個企業還沒登場。目前只有羅瑟與ＦＬＴ販售完全思考操作型ＣＡＤ，現階段的市場評價是ＦＬＴ後來居上。

「STARS也有隊員試用，但我沒用過。究竟是什麼構造？」

莉娜的告白令達也感到意外。研發那個戰術魔法兵器「布里歐奈克」的科學家或技師肯定在莉娜身邊。達也別說見過，連這個科學家（技師？）的名字都不知道，不過光看「布里歐奈克」就無須質疑這個人的技術能力。

擁有那種程度的技術能力，肯定也能讓完全思考操作型ＣＡＤ進入實用階段。不只是「並非不可能」。這個人確實做得到，而且可以斷言在已經有產品上市的狀況不必花太多時間。

但是達也沒說出這個疑問。

「ＦＬＴ的完全思考操作型ＣＡＤ，使用已經產品化的非接觸型開關衍生出來的技術。」

「是以想子波操作的意思？」

「沒錯。將想子注入這個頸鏈造型的特化型ＣＡＤ，可以輸出唯一的啟動式。將想子波捻細投射到指定位置的無系統魔法啟動式。」

「只要注入想子就會運作？」

「輸出的啟動式限定為一種，所以當成啟動開關綽綽有餘。頸鏈造型的操作用演算裝置應該不叫做思考操作型，而是半自動型。」

「和武裝演算裝置的構造相同是吧。」

大概是莉娜的指摘還算切中紅心，達也點頭回應「沒錯」說下去。

「手鐲型在構造上可以和操作用演算裝置聯動解除待命狀態。」

「所以具體來說要怎麼使用？」

「頸鏈輸出的啟動式設定目標對象是手鐲內建的開關。只要把想使用的魔法編號設為變數組入無系統魔法的魔法式，手鐲型就會輸出妳想要的啟動式。」

「……換句話說，只要心想『要使用幾號魔法』就可以叫出啟動式？」

「大致來說就是這樣。」

「等一下，這不是很厲害嗎？用手操作CAD的時間，對於進行近身戰的魔法師來說是相當沉重的枷鎖……」

CAD是讓魔法高速發動的輔助工具。使用CAD的魔法架構確立之後，魔法師獲得正面對抗複數持槍武裝士兵的力量。

不過接下來聚焦的重點，在於操作CAD的動作將在分秒必爭的場面成為勝負分水嶺。特化型CAD就是用來彌補這項缺點，但是這麼一來能使用的魔法種類就受限。

FLT的完全思考操作型CAD是將這些問題全部解決的工具。不同於將思考操作機構組入特化型CAD的羅瑟產品，FLT的產品分成操作用的演算裝置以及負責CAD原本職責的演算裝置。雖然缺點是必須攜帶兩個演算裝置，但不只特化型，泛用型也能使用，這一點同時滿足「不必用手操作」以及「不想縮小戰術廣度」的需求。

「看妳很中意，我就放心了。操作用演算裝置最多可以和四台CAD配對，不過先用一台泛

用型就好吧？」

「很夠了。」

說不定一台操作用演算裝置就能同時操作泛用型與特化型？這個想法掠過莉娜腦海，但她沒在這時候說出來。

只用意念就能挑選泛用型或特化型使用，這也太稱心如意了。

即使達也點頭說做得到，莉娜也無法預測自己在這時候會露出何種表情。

達也拿著兩個一組的ＣＡＤ，就這麼前往調校室。

莉娜在調校室隔壁的準備室。這座設施也有一般的調校裝置，能以頭戴套件與放置雙手的面板讀取使用者的資料。不過這次是將新的ＣＡＤ從白紙狀態開始使用，所以達也認為應該以橫躺型的裝置進行精密測定。莉娜在為此做準備，也就是在換裝。

「達也，那個……久等了。」

進入調校室的莉娜只穿著一件遮住大腿上半的無釦白色上衣。說這是膝上約十五公分的長Ｔ恤應該比較好懂。

頭髮任憑垂到背後，配件全部取下。腳上只穿著像是醫院會使用的拖鞋。莉娜雙手抱在胸前像是在遮掩胸部，一副忸忸怩怩的害羞態度。

「……這樣就可以嗎？」

「什麼可以？」

「……不必換成只穿內衣褲的樣子嗎？」

莉娜眼角羞紅，撇過頭去。感覺她對於自己這個問題感到不好意思。即使露出這種純真的模樣，達也當然也不會改變態度。

「妳用過這種類型的測定裝置嗎？」

「我有義務每個月至少接受一次精密測定。」

意思是STARS基地也有一樣的機械吧。每個月至少一次，就達也來看太少了。但是不同於還在魔法成長期的深雪，STARS軍中的未成年人肯定不多。二十多歲的暫且不提，到了三十或四十多歲就不必頻繁更新測定結果。達也如此心想改變認知。

「如果穿泳裝比較好，要不要我派人準備？」

「並不是穿比基尼就比較好……」

「我都可以喔。」

莉娜一邊猶豫，一邊依然忸忸怩怩。一般來想，兩截式泳裝裸露程度比較大，穿長T恤肯定比較不會害羞。

應該不需要猶豫才對……想著想著，達也做出某個推論。

莉娜的那件上衣底下，該不會什麼都沒穿吧……？

達也沒在她換裝的時候要求「脫掉內衣」。這座設施的人也沒這麼說吧。

不過莉娜知道一般來說，使用橫躺型測定機械的時候都要脫到剩下內衣……那麼她拿到長T恤類型的檢查服時，可能會擅自認定「底下不能穿任何衣物」。

「……麻煩就這麼測定吧。」

不過莉娜事到如今滿臉嬌羞地這麼回答，達也說不出「穿上內衣也沒關係喔」這種話。要是這麼說，彼此都會變得尷尬，莉娜會更難為情吧。說不定沒辦法好好調校。

「那麼，躺在那裡吧。」

達也刻意以更勝於平常的制式語氣說。

進行測定的時候，達也愈來愈懷疑莉娜可能沒穿內衣。隔著薄薄的布料，達也看見可能成為證據的「突起」，但他沒有貿然凝視那個部位。

或許因為這樣，所以莉娜沒察覺「達也已經察覺」。調校順利結束，沒發生無意義的騷動。

莉娜的脖子很快就套上頸鏈型的演算裝置。不，這是由兩個半圓的圓環組成，所以應該形容為「扣上」。金色光輝和她的髮色一樣，所以很適合她。乍看也像是豪華的項圈，但是不用說，並不是不能以自己的意志取下。莉娜也察覺「看起來像是項圈」卻沒有在意的樣子。

「我明天也會來，哪裡不方便的話告訴我。」

「收到。」

莉娜舉起右手回應達也。銀色手鐲戴在另一隻手的手腕。

「達也大人，請不要關閉車上的追蹤器。」

「我知道的。」

達也露出苦笑點頭回應兵庫的提醒，讓飛行車起步。

輪胎距離地面數十公分的上浮車體，就這麼維持相對高度出海。

◇◇◇

達也進入第一高中通學路上的咖啡廳「艾尼布利榭」時，深雪與朋友們已經到齊。

「啊，達也同學，歡迎～～」

「達也同學，等你好久了！」

艾莉卡與穗香幾乎同時出聲歡迎達也。

達也微微舉手回應，坐在深雪與穗香中間的位子。

店內沒有其他客人。達也詢問之前，深雪就說明「今天請店長讓我們包場了」。

「達也同學，這是招待你的。」

店長將一個小玻璃壺放在吧檯。壺裡是入味的冷泡咖啡。穗香與雫迅速起身，玻璃壺由穗香拿，杯子由雫放在托盤端到桌上。

達也向兩人道謝的時候，店長說「回去的時候叫我一下」就進入店內深處。

達也進店的時候，店裡就已經設置防竊聽的魔法。是幹比古的聲音結界。

沒人覺得這是小題大做。

所有人都察覺到，達也像這樣特地找他們過來，應該是相當重要的事情。

「店長難得貼心清場，立刻進入正題吧。」

穗香倒入杯裡的咖啡當前，達也打開話匣子。

朋友們眼睛與耳朵已經朝達也集中。

「九島光宣成為寄生物了。」

達也突然從要點切入。

「咦？」「不會吧！」「真的假的？」

認識光宣的幹比古、艾莉卡與雷歐接連驚呼。

「……你說的『九島光宣』，是論文競賽第二高中主講人的那位九島光宣嗎？」

「沒錯。」

美月客氣問完，達也毫不猶豫點頭。

「……為什麼會變成這樣？」

艾莉卡犀利的視線投向達也。

並不是懷疑達也做了什麼。只是為了壓抑內心的慌張，不小心變成這種眼神。

「為什麼嗎……我也不是全部知道。只知道光宣是自願拋棄人類身分，基於某個目的成為寄生物。」

「你會把『你知道的事』告訴我們吧？」

雷歐首先回復鎮靜。只不過他雙眼隱含的光芒強度不輸艾莉卡。

不准隱瞞──他的雙眼是這麼說的。

只不過即使雷歐狠瞪，達也在這裡說明的內容也不會改變。他從一開始就打算在「能說的範圍」說明光宣化為寄生物的原委。

「光宣的目的，和水波住院的原因有關。」

「……不是普通的傷嗎？」

「水波之所以住院，是因為魔法演算領域受到重創。無法期待能完全回復。」

對於達也揭露的事實，不只是發問的雷歐，深雪以外的所有人都啞口無言。

「沒有立即的生命危險。不過威力強的魔法可能會成為導火線，造成症狀決定性的惡化。」

「……為什麼變成這樣！」

剛才語塞的雷歐大吼。水波是雷歐擔任社長的山岳社社員。和她的親近程度在眾人之中僅次於達也與深雪。

「我沒要說明這部分。現在必須說明的是另一件事。」

「……好吧。既然這樣，把另一件事說來聽聽吧。」

咬牙切齒的雷歐表情看起來實在不像是接受達也這番話。但他在這個場面也發揮強大的自制心。

「光宣為了測試治療水波的方法，自願成為寄生物。」

「達也，等一下。」

幹比古遲遲說不下去。

「……換句話說，光宣為了治療櫻井，所以讓寄生物附身？拿自己當白老鼠？」

「他自己是這麼說的。」

「荒唐……簡直瘋了……」

幹比古陷入恍神狀態。

「光宣是認真的。」

達也毫不留情告知事實。

「總歸來說，光宣要來抓水波？」

艾莉卡搶先說出達也要說的事。

「光宣來抓過水波對吧？然後被達也擊退。是這麼回事吧？」

雷歐進一步詢問達也。

「沒錯。第一次成功擊退了。」

「達也，意思是你……可能會輸？」

「不會被他打倒。但他也不是容易應付的對手。」

對於幹比古的詢問，達也沒斷言「不會輸」。

「意思是你認為自己不會被打倒，但可能無法好好保護水波是吧？」

「沒錯。」

達也同意艾莉卡的說法。

「不過，我希望你們注意的是另一件事。」

接著他這麼說。

「艾莉卡、雷歐、幹比古。我認為光宣為了帶走水波，可能會和你們接觸。」

「也就是想把我們打造成幫手？」

「因為這邊認識光宣的人，除了七草學姊、香澄與泉美姊妹，就只有你們了。」

「……確實，如果沒聽你現在這麼說，我可能會幫他。」

首先認同的是雷歐。

「如果他說是為了治療水波就會幫吧。」

艾莉卡也不情不願地同意。

「光宣已經化為寄生物吧？居然以為我沒辦法辨別人類與妖魔，我有點失望。」

但是幹比古說出內心的不滿。大概是身為古式魔法師的尊嚴，不允許他人認為自己無法分辨人類與妖魔吧。

「直到光宣主動表明真面目，我都不知道他已經成為寄生物。」

「……這樣啊。」

但是幹比古也不敢說自己比達也高明。

「對於寄生物的知覺，幹比古可能比我敏銳。不過九島家有偽裝情報體的魔法。光宣即使化為寄生物，也沒有失去『九』之魔法。」

「不……如果是柴田同學的『眼』就算了，但我沒自信斷言知覺能力勝過你。而且我也明白必須提防光宣。」

「你接受這一點就好。」

「嗯。話說回來……」

幹比古露出「忽然想到」的表情。

「什麼事？」

達也沒有忽略這個反應。

「依附在光宣身上的寄生物，究竟來自哪裡？」

「難道又從美國入侵嗎？」

「不，是上次封印的寄生物。當時被某人帶走兩具，其中一具在九島家那裡。」

達也回答艾莉卡之後，在這裡首度露出猶豫的樣子。

「……其實，莉娜來日本了。」

為難到最後，達也決定說出事實。

「莉娜她……？」

「哥哥？」

穗香與深雪出聲驚叫。

穗香純粹是因為莉娜來日本而感到驚愕。

另一方面，深雪的驚愕在於即使是朋友，達也卻說出應該保密的這個事實。她的驚愕程度大到不顧眾人在場依然叫達也「哥哥」。

幸好艾莉卡與雫他們也受到強烈的打擊，深雪不把達也當成未婚夫而是稱為哥哥的這件事，

沒人覺得不對勁。

「莉娜來到日本，和ＵＳＮＡ再度出現寄生物有關。」

接連投下的炸彈破壞力太強，大家都無暇在意那種小事。

「美國出現寄生物……」

只有幹比古好不容易做出反應。另外五人──艾莉卡、美月、雷歐、穗香與雫都啞口無言。

「依附在光宣身上的寄生物和這件事無關。不過要是ＵＳＮＡ新出現的寄生物入侵日本，和光宣並肩作戰的可能性很高。」

「達也……你有方法制服寄生物嗎？如果需要我的助力……」

「已經請九島閣下提供封印寄生物的魔法。」

「你說的九島閣下是『宗師』對吧？」

「是光宣的爺爺吧……？」

艾莉卡與雷歐點出九島烈和光宣的關係，質疑可信度。

「我不認為對方會因為是自家人就提供沒用的術式。不過如果進行得不順利，幹比古，到時候可能得靠你。」

達也否定偏袒自家人的可能性，卻認為九島家魔法對光宣不管用的可能性不低。

九島家確實擁有封印寄生物的魔法，不然就無法做出寄生人偶那種兵器。

但光宣也是九島家的魔法師，當然知道製造寄生人偶所投入的術式才對。現在肯定正在研究如何擺脫這個可能束縛他的魔法。不，對抗方法或許已經完成。達也是這麼認為的。

「到時候請務必讓我助你一臂之力。」

幹比古朝達也用力點頭。

對付妖魔是古式魔法師的使命。幹比古的回應蘊含這種信念。

達也不是開「飛行車」來艾尼布利榭。從巳燒島開來的飛行車暫時停在自家車庫，他是搭大眾交通工具來到離一高最近的車站。回程當然也是搭電車。

在電動車廂裡，達也與深雪都很少說話。以兩人現在的立場不能不提防竊聽，但這不是最大的原因。主要是因為剛才在艾尼布利榭講沉重的話題，所以受到緊張感的影響。

兩人難得沒在愉快的對話中返家，不過回到自己家之後終究也放鬆心情。深雪說明學校發生的事情，達也說完駕駛飛行車的感想而被深雪央求載她兜風時，兩人已經取回以往的步調。

不過，和樂的氣氛被電話鈴聲摧毀。

不是因為來電本身，是因為來電內容。

「——也就是說，如果安吉．希利郞斯向這邊尋求庇護，就要引渡給你們。這就是國防軍的要求嗎？」

『希望你不要講得這麼凶。』

視訊電話的畫面上，風間做出安撫達也的手勢。

『身為USNA軍人的希利郞斯少校由民間組織藏匿，國防軍基於立場無法承認。本官只是這個意思。』

「您說得是。不過中校為什麼要說這種明白至極的事情？」

『達也，這邊知道你收留希利郞斯少校。是四葉家主動通報的。』

所以裝傻也沒用……風間以視線暗示。

「那就請您向本家提出要求吧。」

但是達也不為所動。對於風間這番話，他不肯定又不否定，也沒答應要求。

達也不協助的態度，使得風間眼神也變得嚴厲。

『大黑特尉。』

風間說出的話語，不再是對晚輩好友的親切語氣。

『即使貴官在四葉家的地位提升，國防軍和四葉家關於貴官的契約依然有效。』

達也默默回看著螢幕裡的風間。

『除了司波深雪小姐的護衛，貴官必須以國防軍的命令為優先。』

「風間中校，請不要曲解四葉家和國防軍的契約。」

『什麼？』

「除了深雪的護衛，四葉家承認國防軍對於司波達也有優先命令權。以上內容才是四葉家和國防軍的契約。沒有規定我一定要聽命於國防軍。」

達也同樣也消除語氣裡的情感。

『特尉，貴官要背叛我軍嗎？』

「這也錯了。國防軍賦予特尉階級給我，是為了方便利用我。五年前在沖繩納入軍方指揮時的宣誓只限當時有效。」

『……達也。國防軍無法接受安吉·希利鄔斯由一般民眾保護。希望你理解這一點。』

「風間中校，在下沒有藏匿希利鄔斯少校。如果您說四葉家正在保護安吉·希利鄔斯，請您向本家要求引渡。」

達也與風間都在最後避免了決定性的決裂。

這是承認彼此還有利用價值的結果。

成為達也與深雪新家的大樓，是用為四葉家東京總部所建造的。內部不只是居住區，還有各種設施以滿足總部的用途。魔法訓練用的地下室也是其中之一。

訓練室沒有其他人影。不只是因為夜已深，不過達也打著「當家的兒子」這個頭銜（無關是否屬實）包下這裡使用。

達也曾經對深雪與水波說他要請真夜傳授封印寄生物的魔法。但是老實說，他認為就算真夜傳授術式，自己應該也無法熟練使用。即使在四葉家內部的地位提升，他還是無法熟練使用「分解」與「重組」以外的魔法，這個事實沒有改變。

只不過達也沒有放棄自己的可能性。他確實無法熟練使用「分解」與「重組」以外的普通魔法。人工魔法演算領域只能模仿威力低的魔法。

不過這指的是現代所定義的魔法，也就是改寫事象的魔法。傳統觀念認為不只是改寫事象的魔法，操作想子的技術也是魔法。而且如果是操作想子的技術，達也比起其他的一流魔法師也毫不遜色，反而堪稱凌駕於「一流」之上。

寄生物的主體是靈子情報體。達也沒有直接操作靈子的能力。

不過現在已知寄生物主體周圍纏繞著想子，失去想子外衣就會停止活動。據說想子不只是意念或思考化成的粒子，也是連接物質肉體與非物質精神的粒子，亦是將精神發出的指令傳達給肉

體，將肉體收集的情報傳達給精神的粒子。

換句話說，想子具備干涉精神——靈子情報體的性質。

干涉精神的系統外魔法，也是以想子建構的魔法式發動。這也是想子和靈子或情報體相互作用的間接證據。

達也思考是否能以無系統魔法封印或束縛寄生物這種靈子情報體。

純粹發射想子流只會震飛寄生物，即使能造成傷害也無法打倒。達也曾經在寄生物鑽出同化的肉體時使用術式解體，並且從攻擊結果得知這一點。

為了打擊和人類同化的寄生物而發明的穿甲想子彈，即使能弱化寄生物，也無法將其逼到停止活動。

（……實在抓不到感覺。）

鎖鏈、繩索、網子。達也從剛才就進行各種嘗試，卻都無法描繪出順利成功的光景。總覺得某些東西不太對。

（如果能用真正的寄生物練習，應該會稍微不同吧……）

就達也所知，四葉家與九島家都有真正的寄生物。四葉家在第一高中演習樹林封印的個體，九島家培養之後用在寄生人偶。

雖然不能外借，但是如果這邊主動前往，或許可以獲准當成練習台使用。

不過也要構思到一定程度，知道該如何操作想子再說。在完全盲目摸索的狀態造訪也只會白跑一趟吧。結果肯定也會害得對方浪費時間。

（……請教師父看看吧。）

雖然不想欠八雲人情，但現狀不能講這種話。達也決定明早造訪九重寺。

◇　◇　◇

六月二十五日，星期二早晨。

達也久違造訪八雲的寺廟。

沒有事先聯絡。所以即使八雲不在，達也基於立場也不會抱怨。

只不過，等待達也的是出乎意料的迎接。

調布的住處距離九重寺相當遠。雖然用跑的不是跑不到，但是考慮到當下的情勢，達也使用了飛行機車「無翼」。身上穿的不是普通騎士服，是四葉製的飛行戰鬥服「解放裝甲」。下車之後，他脫掉安全帽提在左手。雖然沒帶平常的特化型ＣＡＤ，但「解放裝甲」內建完全思考操作型ＣＡＤ。

即使鑽過山門，一如往常的門徒自由對打（應該說混戰）也沒發生。

沒有任何人的氣息。

不在也無妨的想法原來是預言嗎？達也如此心想的下一秒遭受襲擊。

沒有實體，彷彿氣息本身的「東西」襲擊他。

傳達過來的是明確的敵意。

達也還沒看透真面目，就先以想子流迎擊。

瞬間比術式解體密度還高的想子洪流，震開想子構造密度不相上下的情報體。

（獨立情報體……「使魔」嗎？還是自然產生的「魔神」？）

在四葉家鍛鍊達也的古式術士曾經告訴他，世界上偶爾會自然產生以大量高密度之想子組織形成獨立情報體。

一般的獨立情報體只會保存情報，沒有干涉事象的能力，但是儲存的情報與想子量超過某個水準之後，就會開始以自身之力干涉事象。古人將其稱為神或魔而畏懼，還當成參考發明了使喚獨立情報體改寫事象的魔法，也就是俗稱的精靈魔法或召喚魔法——擔任達也教師的古式魔法師曾經這麼教他。

達也震飛的獨立情報體翻轉之後再度襲擊。

在這個時間點已經確認兩件事。

這個「精靈」是「風」的獨立情報體。

而且這個「精靈」是以某人的意志控制的。

（師父搞的鬼嗎？）

但如果是這樣，情報體夾帶的敵意就過於認真。獨立情報體內藏的攻擊力，是打中要害就會致命的等級。

總之為了去除面前的威脅，達也試著以術式解散消除「風之精靈」。

但是在下一瞬間，他沒使出情報體分解魔法術式解散，而是取消了。

不是因為斷定術士是八雲而中止戰鬥。

達也使用壓縮想子發射的無系統魔法，取代剛才的術式解散。

壓製出來的形狀是網子。雖然這麼說，卻不是連密麻的網眼都重現。

想子薄膜延展之後包裹目標的模樣，與其說是網子或許更像包巾——不過世界上當然沒有直徑三公尺的巨大包巾。

衝過來的「風之精靈」以想子之「網」阻擋、包覆，再從外側施加壓力。但是「網」立刻被割破。

逃離拘束的精靈，將自己化為風刃襲擊達也。

達也跳向側邊躲開。

在砂地翻身起立的達也左手臂滴下紅色的血。靠近肩頭的部位割出一道傷口。

對手是透明的空氣刃。即使自以為成功閃躲也沒有完全躲開。話說回來，這種威力明顯不是練武在用的。如果達也身上穿的不是具備防彈、耐衝擊與抗刀割功能的「解放裝甲」，左手或許已經從上臂被砍斷。

只不過，裝甲裂開染血的時間只有短短一秒左右。

不只是傷口，裝甲的損傷，甚至連地面吸收的血滴也像是幻影般消失。這是達也的魔法「重組」的效果。

如果對方是普通肉身的魔法師，可能會因為驚愕而出現破綻。不過「風之精靈」使出的攻擊沒有停滯。可能是預先設定為「持續攻擊」，或是術士已經知道達也的底牌。

風刃再度迎面而來。

達也朝獨立情報體伸直右手張開。手掌前方形成一面想子盾。

撞上高密度想子組成的盾，「風之精靈」的前進受阻。以獨立情報體維持的高壓空氣刃解除壓縮，爆炸化為氣浪撲向達也。

單純的風無法撕裂解放裝甲。

達也右手像是緊抓物體般握拳。

達也的想子以「風之精靈」為中心聚集。

連同獨立情報體壓製成形。

寬廣到足以吞沒大型車的想子雲，成為可以收入手心的小圓球。

沒有實體，肉眼看不見，像是水晶球的想子球體。「風之精靈」封鎖在裡面。

確認「精靈」沒鑽出想子球體之後，達也吐出一口氣。

環視腳邊尋找第一次閃躲時扔下的安全帽。

事件在他分心的一瞬間發生了。

手上的想子球，從內側承受一股爆發性的膨脹壓力。

達也將固定在右手掌上的想子球體朝正上方丟棄。

放下右手，利用反作用力迅速舉高左手。

「風之精靈」撐破想子球，自己也爆炸了。

爆炸產生的衝擊波和達也左手放出的術式解體，在達也的頭上對撞，成為畫出無數同心圓的想子漣漪擴散到整座寺廟的境內。

「嗨，真可惜啊。」

無人的境內突然冒出人影。一邊拍手一邊搭話的是這座寺廟的住持，鼎鼎大名的「忍術師」九重八雲。

「施加念壓的方式再加點巧思，應該就完成封玉了。」

「師父早安。」

「啊啊，達也早。」

而且他就是達也今天早上前來請求指點的對象。

「所以師父，您說的『封玉』是什麼？」

若無其事進行早晨的問候之後，達也像是接續某個話題般這麼問。

「就是你剛才想製作的東西。」

八雲以帶點苦笑的笑容回答。

「你是來問封印寄生物的方法吧？」

「您已經知道光宣的事情嗎？」

「也知道美國再度發生的事件喔。這次好像比上次還棘手。」

「不好意思。所以……方便請您傳授封印的術式嗎？」

「當然不會傳授。」

八雲說出的這句回答，就某些人聽來會覺得「你在胡鬧嗎」而發怒。

「這樣啊。」

不過達也視為理所當然而接受。

達也稱呼八雲為「師父」，卻不是「忍術師」九重八雲的徒弟。達也只是基於八雲的好意請

他擔任練武對手，沒有權利要求他傳授魔法。

「我也沒必要教你吧？剛才的封玉做得很好喔，甚至不像是第一次嘗試。」

但同時也不是什麼都不教。

「師父說的『封玉』是將獨立情報體塞進想子，以『穿甲想子彈』的要領將想子壓縮成球形是吧？」

「原來如此，你是應用穿甲想子彈的技術啊。」

「那樣可以封印寄生物嗎？」

「剛才的風精護法已經從我的法術隔離。這招用在寄生物應該也十分通用吧。」

「護法」是護法童子的簡稱。原本的意義是密教僧或修驗者使喚的神靈或鬼神，不過這個詞更廣泛用來形容密教系術式裡的「使魔」。八雲剛才那段話換個說法就是「達也已經達到成功封鎖八雲所使喚風之精靈的階段」這個意思。

雖然是以八雲的心情為前提，不過他像這樣給了近似傳授術式的建言。考慮到達也沒盡到身為徒弟的職責，這是優厚到破格的待遇。

「您剛才說『施加念壓的方式再加點巧思』，請問我哪裡做得不好？」

「即使維持同樣的做法，只要持續注入十小時左右的念，就不會因為被自爆破解吧。」

「意思是多花點時間就好嗎？」

「不不不，並不是這樣。我不是說過要加點巧思嗎？時間並不是煉製封玉的必備要素。」

達也沒問「既然這樣的話該怎麼做」。達也和八雲的交情已經邁向第五年。達也對於八雲個性的熟悉程度足以看穿他不打算給更多提示。

「知道了。我會自己鑽研看看。」

「你就找吉田家的次男練習吧。」

這句「補充」使得達也今天早上獲益良多，甚至超出預期。

[4]

「好想見深雪學姊……」

「說這什麼話。傍晚不是才在學生會室道別嗎？」

「可是香澄，既然只是這樣枯等，不覺得找深雪學姊一起喝茶更有建設性得多嗎？」

達也與深雪生活的住家和水波入住的醫院近到堪稱就在附近。徒步過去有點遠，但是開車不用五分鐘。前幾天探視水波聽她這麼說之後，泉美就經常發這種牢騷。

「我才不要。會長家不是有那傢伙嗎？」

香澄則是會這樣回應。這段對話也逐漸公式化了。

兩人位於水波所入住調布碧葉醫院不遠處的小餐廳。先前師族會議決定如何分工之後，這間店就一直由七草家包下。這間店原本就是只接受預約客人的營業形態，所以恰好適合當成據點。

師族會議分配給七草家的工作，是埋伏活捉化為寄生物的九島光宣。在難以活捉的狀況，直接殺害也是情非得已。

將寄生物招入人類社會，是即使被殺也無可奈何的罪過。十師族是如此判斷的。香澄與泉美可以的話也不想殺光宣，卻也認同與其放他逍遙法外，還是不得不取他性命。達也認為兩人不適合成為十師族，但她們在這方面抱持的心態，無疑是身為十師族接受教育的成果。

「話說回來，他真的會來嗎？」

兩人在意的不是該怎麼做才不用殺光宣。香澄與泉美早就知道自己思考也無濟於事而看開。

「我認為會來喔。」

「是嗎……光宣也不是傻瓜。」

「我反倒認為他比香澄聰明。」

「光宣確實比我聰明，但泉美和我的成績也沒差多少吧！」

「既然這樣，今後普通科目的課題我可以不必幫妳是吧？」

「等……等一下！這樣太奸詐了！現在不是在講這種事吧！」

「就算妳說我奸詐……」

「我的意思是說，光宣應該也會提防埋伏啦！」

香澄連忙插話不讓泉美說完。

泉美輕聲一笑，在這時候停止捉弄雙胞胎姊姊。

「這種程度他應該猜到了吧。說不定也已經看穿我們正在待命。」

泉美中斷不利於香澄的話題，香澄在鬆一口氣的同時回應：「沒錯吧？」

「不過就算這樣，我認為光宣還是會來。」

「咦？為什麼？」

「大概是因為從小就經常生病吧，光宣本來是不會對事物執著的男生。」

「……是啊。我記得好幾次都為他著急，覺得他明明可以更任性才對。」

香澄她們和光宣沒那麼頻繁見面。而且兩人就其他孩子看來也是不會對事物執著的個性。即使在這樣的香澄她們眼中，光宣也是對任何事物都無慾無求的孩子吧。

「這樣的光宣不惜拋棄人類身分也想要櫻井同學。激烈到這種程度的心意……可惜我無法理解，但我至少可以想像他應該絕對不會死心。」

「連泉美也不懂啊……」

「嗯。身為清純少女，不懂這一點令我深感遺憾。」

「居然說自己是清純少女……好啦，妳大概是清純少女吧。我覺得這種心意和性別無關就是了……不過先不提心意，從現實問題來看，櫻井同學身邊不是由四葉家、十文字家與七草家固守嗎？到處都是敵人，他還是會硬闖？還是說戀愛是盲目的？」

「香澄，『戀愛是盲目的』不是這種意思喔。」

「咦，是嗎？意思不是一旦戀愛就會失去理性與常識嗎？」

「國語辭典是這麼寫的，不過『失去理性』是暗指看不清對方的缺點，『失去常識』是暗指

不會顧及自己、對方、家人的社會地位或立場。」

「喔，是這樣啊。」

「而且我認為光宣不顧埋伏也會來的原因，不是推測他失去冷靜的判斷力。」

「……不然是什麼原因？」

「光宣他肯定……」

「不怕四葉家、十文字家與我們七草家。我是這麼認為的。」

泉美壓低音量。不只是聲音，表情也在說「不能大聲張揚」。

「……但我認為光宣不是這種過度自信的類型。」

大概是被泉美影響，香澄也變得輕聲細語。

「以光宣的實力，這份自信沒有過度。」

「這……如果是七草家，他或許技高一籌吧。」

「現在的光宣獲得寄生物的能力。除此之外，不知道是真是假，他好像還吸收了大陸古式魔法師的亡靈。」

「……亡靈終究不可能吧？」

「總之……」

關於光宣吸收周公瑾亡靈這件事，泉美應該也沒有真的相信吧。對於香澄的反駁，她沒有深入討論。

「我認為光宣的實力肯定更上層樓了。」

但同時也沒撤回提防光宣的必要性。

不知道香澄到最後是否同意泉美的意見。

「小澄、小美，出現了！」

真由美來叫他們兩人，此時的議論因而中斷。

「櫻井同學呢？」

真由美是從通往廚房深處的門後現身，迅速起身的香澄首先詢問水波的安危。看來比起在學生會一起活動的泉美，同班的香澄和水波更為親近——但也可能只是香澄的個性比較好懂。

「她沒事。因為我們在光宣潛入醫院之前就找到他了。」

「是十文字家的人們找到的嗎？」

問這個問題的是泉美。不過如果她沒問，應該會由香澄問。

「不，是七草家的部下。」

香澄眼神閃亮，一副「幹得好」的表情。但她眉頭很快就會深鎖。

「不過好像撐不到一分鐘就被打倒了。現在是十文字家的人趕過去勉強攔下。我也聯絡父親

大人了，但是要十分鐘以上才會到。消息肯定也已經傳給十文字，但他無望在五分鐘內抵達。」

「意思是在這之前，必須由我們攔住他吧？」

「就是這樣。」

香澄與泉美並不是悠哉聽真由美説明。兩人一邊聆聽與交談，一邊將ＣＡＤ套在手腕，將內建通訊機的護目鏡戴在頭上，將防護背心（不只是防彈兼防割，還具備緩和衝擊功能的背心）固定在身上。

「準備完畢。」

「我也是。」

「ＯＫ，走吧。」

身穿相同裝備的真由美打開門，香澄與泉美隨後跟上。

◇　◇　◇

真由美她們抵達現場時，戰鬥已經暫時結束。

四名魔法師倒在路上。香澄與泉美跑到他們身旁確認脈搏與呼吸。

「活著！」

「這邊也是。看來沒受重傷。」

真由美向氣喘吁吁的兩名魔法師搭話。

「光宣去了哪裡？」

真由美將護目鏡移到額頭露臉，詢問以自己雙腳站著的兩名魔法師。

「往右邊巷子消失身影了。已經通知防守那邊的人員迎擊。」

右側沒有通往醫院內部的門。不知道是想破窗還是從樓頂潛入。無論如何，真由美認為光宣應該不是逃走。

「知道了。我也去追他，你們請回到崗位吧。」

「麻煩您了。」

回答真由美問題的兩人都是十文字家的魔法師。倒在路上的全是七草家的部下。

十文字家的兩人向真由美行禮之後，回到醫院的後門前。他們接到的任務是阻止光宣入侵醫院。雖然為了幫七草家魔法師助陣而趕到這裡，但是從原本的職責來看，他們過於遠離入口。

「那些人拜託妳們了。」

「姊姊，妳要一個人去？」

「危險啊！」

香澄與泉美想阻止姊姊，但真由美以絲毫不帶笑容的嚴肅表情搖頭。

「不能扔著傷患不管吧？即使不是重傷，但他們意識不清楚。而且光宣不一定會回到後門那邊。」

假裝前往其他場所，再試著從警戒薄弱的位置入侵，這是常見的手法。兩人都無法否定姊姊提出的可能性。

「……知道了，姊姊。」

「姊姊，請小心。」

「嗯，妳們也是。」

真由美重新戴好護目鏡，前往醫院右側。

◇◇◇

魔法氣息突然增強。真由美追著這股氣息，跑到和醫院外緣的巷子再隔一條街的銜接道路。

雷光在半空中閃耀。

距離地面約五公尺。以覆蓋厚重雲層的夜空為背景，一無所有——空無一人的黑暗中射出電擊。

目標是兩名男性魔法師。是克人在作戰開始之前介紹過的十文字家旗下術士。

一人單腳流血，按著傷口蹲著。

沒事的另一名魔法師將同伴保護在身後站著，架設魔法護壁承受雷擊。

如果是一般的釋放系魔法，在護盾擋下的時間點就結束。以現代魔法的觀點，將攻擊的起點設定在遠離目標的位置，是為了避免敵方的事象干涉力妨礙魔法發動，沒有其他的意義。

不過這道電擊不是單純的電子流。斜竄數公尺的電光以殘影在空中畫出光蛇。並不是撞上魔法護壁消散，而是展現出爬上去試著繞到側邊的動作。

賦予事象形體。為事象加上生物象徵的形態必須花費額外的資源，相對的，以魔法創造的現象因而更具操作性。這是現代魔法所沒有的古式魔法技術。在這個場合，應該是要持續利用瞬間擴散的雷擊。

這確實是高超的技術，但總覺得連續產生雷擊比較有效。真由美看著在護盾上移動的電光蛇這麼想，卻立刻察覺這是自己的誤解。

十文字家術士建構的魔法護壁是半球型的圓頂形狀。繞到側邊也無法越過護盾。但是原本以為白費工夫的雷蛇，繞護盾一圈之後咬住自己的尾巴，成為將術士連同護盾捆綁的圓環。

目擊這一幕，真由美終於理解這個魔法的目的。這是牽制魔法。

電光蛇只具備電擊效果，不會對護盾施加壓力，更不會勒住護壁內部的魔法師。但是只要解除護盾，雷擊應該會立刻襲擊躲在裡面的人。

此外，雷蛇看似纏附在護盾上，實際上卻是固定在接觸魔法護壁的位置。要是就這麼維持著護盾移動，就會和固定雷蛇的魔法相互較勁。

空中再度射出雷電。不只一道，接連射出三道。

雷擊化為雷光之蛇，將十文家的兩名魔法師連同護盾包圍。

束縛半球型圓頂魔法護壁的三重圓環。第一條雷蛇已經消失，但是第二階段射出的雷擊在六個位置交叉包圍護盾。

真由美朝著雷擊射出的位置發射想子彈。

真由美的想子彈威力不如達也使用的術式解體。

但她精準射穿狙擊點的技術不落人後。「世界首屈一指的遠距離精密射擊魔法師」可不是浪得虛名。

真由美射出的想子彈正確命中設置在空中的魔法砲台。持續在遠處發動魔法的想子情報體。真由美的想子彈破壞了砲台的情報結構。

真由美除了一般魔法（四大系統八大類的現代魔法，以及發射想子彈的無系統魔法），還天生具備知覺系的特殊能力。遠距透視系知覺魔法「多重觀測」。雖然可以當成魔法實行，不過真由美能以先天的特殊能力（昔日稱為「超能力」）自由使用。

這是特例。魔法與超能力在本質上是相同的能力，但是一個人原本不應該兼具魔法與超能力

才對。超能力只以意念就能扭曲事象，相對來說只能改寫特定類型的事象。現代魔法成功將超能力使用的精神機能調整為適用於各種事象的改寫，相對來說需要意念以外的各種輔助手段才能得心應手施展魔法。

從「只能針對特定類型」的觀點來看，達也的「分解」與「重組」比較接近超能力。即使從「無法對應其他的事象改寫類型」來看，達也也具備超能力者的特徵。從他的例子就知道，專精改寫特定事象的超能力和對應各種事象改寫的魔法不能並存。

但是真由美同時具備多采多姿的魔法與特殊的知覺能力。基於和達也不同的意義來說，她也是反常的魔法師。

如今真由美將她天生的特異能力「多重觀測」發揮得淋漓盡致，從各種角度看見的視覺情報一齊注入意識。全力發動「多重觀測」造成她沉重的精神負擔，短短數分鐘就會意識模糊，所以她鮮少發動施展。

真由美明知逞強依然在尋找的東西，是肯定躲在這附近的光宣身影。

魔法再怎麼能夠無視於物理距離，一般來說也無法在視線達不到的遠方，施展像是剛才的雷擊魔法那種威力與技巧兼具的術式。光宣肯定躲在這附近。

（找到了！）

可能是真由美的執著開花結果。

或者是她強烈的意念使她看見。

她的特殊能力——「多重觀測」的視野映出少年的背影。

看不見臉，而且只是背影，卻依然讓人覺得超脫俗世，俊美妖豔的人影。

真由美移動視角，確認這個人影的長相。

從正面「觀看」的瞬間，不知道是偶然還是感覺到視線，他別過頭去。

但這一瞬間就夠了。

真由美的指尖在手腕的ＣＡＤ滑動。

發動的魔法是堪稱她代名詞的「魔彈射手」。

在空中製造砲台發射乾冰子彈的魔法。

三座砲台集中砲轟光宣。

在遠距透視的視野中，「魔彈射手」確實鎖定光宣。

真由美看見的少年人影從地面消失。

她的「多重觀測」沒跟丟光宣俊美的身影。

光宣的身影在空中。

真由美製造新的砲台，朝他灑出乾冰的彈雨。

但是穿過天空的人影踩著複雜的步法躲開絕大多數的子彈。

光宣降落在醫院樓頂。

真由美只留下位於上空的視角，縮減用在「多重觀測」的資源，預先準備逮捕光宣的魔法之後編織跳躍之魔法。

真由美留下被雷蛇囚禁的自己人，跳上醫院樓頂。

◇　◇　◇

「……姊姊沒問題嗎？」

「即使對手是光宣，我想姊姊也不會那麼輕易落敗……」

回答香澄的泉美語氣沒什麼自信，但是從她的表情看不出不安。大概不像語氣那麼擔心吧。

現在七草家最強的魔法師恐怕是真由美。父親弘一不曾加入孩子們一起較量所以無法斷言，不過已經證實兄弟姊妹之間最強的是真由美。香澄與泉美即使聯手也敵不過真由美。她們使用以真正意義來說同心協力的王牌「乘積魔法」也贏不了。

兩人之所以悠哉聊天，是因為除了交談與看守就沒事做。被光宣打倒的（父親的）部下已經急救完畢。原本就沒人重傷大量失血，從表面看起來也沒有骨折。有一個傷患推測是倒地的時候撞到頭，但可惜兩人無法處理腦部的損傷。總之只能冷卻紅腫部位，等待七草家的救護部隊代替救護車前來。雖然沒有說出來討論，不過兩人都在想，如果一直等不到救護班前來，就要把人扛進眼前的醫院。

「話說都沒來耶。」

「沒來耶……」

而且兩人沒什麼耐性。香澄看起來就是急性子，泉美其實也是三分鐘熱度的個性。泉美或許形容為我行我素比較好。無論如何，兩人在沒耐心這方面是一致的。

兩人轉頭相視，察覺對方的想法和自己一樣。

很有默契地同時轉身看向醫院後門。

正要請人幫忙運送傷患的這一瞬間，兩人說出和前一秒不同意圖的話語。

「危險！」

但是這聲警告成為反效果。

看守後門的兩名魔法師看向香澄與泉美。

他們分心的瞬間，魔法在黑暗中發動。

空中迸出激烈的火花。從物質裡強制抽取電子引發放電現象的魔法「電光」。這是釋放系魔法的基礎術式，不過要求的事象干涉力偏高。普通魔法師頂多只能在極為有限的目標範圍電解密度較低（固定體積內的分子數較少）的氣體。

不過剛才發動的「電光」，在完整覆蓋兩個人的寬廣範圍電漿化。正確來說是覆蓋胸部以下的範圍，沒有直接命中頭部。但兩人失去自己身體的控制能力，抽搐跪倒在地。

「是誰！」

香澄一邊大喊一邊發射魔法。耀眼的閃光照亮盤踞在路燈狹縫間的黑暗。

雖然剛才詢問是誰，但香澄確信對方是光宣。如果是光宣以外的人影從光輝中浮現，香澄應該會驚訝到發不出聲音吧。

以耀眼閃光剝奪抵抗力的魔法光，光宣只有瞇細雙眼，甚至沒舉手遮光。

強光產生黑影，強調出點綴光宣美貌的非人特質。

「光宣，給我安分！」

香澄發射「凍氣彈」。是冷卻並壓縮空氣，將奪走的熱量轉換為彈速的魔法。

這個魔法是將真由美的王牌「乾雹流星」裡的二氧化碳改成以普通空氣施展的魔法。主成分是氮與氧的混合氣體凝固點低於二氧化碳所以不會凍結，但是高壓壓縮冷卻的子彈，會發揮不同於乾冰子彈的效果。

香澄使出魔法的同時，泉美架設領域干涉的防禦陣。

香澄射出的「凍氣彈」撞上魔法護壁粉碎。擺脫魔法拘束的空氣急速膨脹，依照物理法則製造出零下數十度的寒氣塊。

不過這股寒氣也無法滲入光宣架設的護盾。寒氣產生霧氣，在護盾表面結露，水滴沿著透明護壁滑落。光宣的魔法護壁具備固體本身的「堅固性」。

香澄的「凍氣彈」粉碎的同時，光宣使出魔法攻擊。

泉美架設領域干涉的區域出現事象干涉的作用力。領域干涉不是輸出魔法式行使的魔法，是持續使用自身事象干涉力的防禦技術。如果敵人施放魔法，會成為手感傳達給術士。

泉美絞盡力氣要讓光宣的魔法失效。但是她的抵抗被輕易突破。

空中產生放電現象。規模小於十文字家魔法師所挨的「電光」，大概是因為泉美的領域干涉降低事象改寫的強度。

不過在對方已經發動魔法的狀態，這沒能成為什麼慰藉。

噴出火花的電漿襲擊香澄與泉美。

一陣強風吹散電漿。是香澄臨機應變，將原本要攻擊光宣的魔法改用在防禦。

「泉美，沒事嗎？」

泉美在事象干涉力的較量中受傷，香澄跑向她伸出手。

香澄的手還沒碰到泉美肩膀，就被泉美抓住。

「香澄，輪番上陣沒勝算。」

「知道了，泉美。」

香澄沒誤解泉美想說的事。

現在的狀況是二對一。並非真的輪流單獨戰鬥。即使是現在的狀態，香澄與泉美也是聯手出擊。

泉美說的不是單純人數上的問題。兩人不能分開戰鬥，必須結合兩人的力量才能戰勝光宣。這才是泉美所說的意思，而且香澄也同意了。

兩人十指相扣。香澄的右手和泉美的左手，兩人手掌完全貼合。

雙胞胎姊妹拉近距離面對面，另一隻手也相繫。

想子從香澄的左手注入泉美的右手。

想子從泉美的左手注入香澄的右手。

透過相繫的雙手，兩人的想子在兩人體內循環。

光宣像是想起什麼般使出魔法。改寫事象的力量在面對面的雙胞胎正上方產生作用。不過光宣的魔法以未遂收場。強到剛才完全比不上的領域干涉，保護著姊妹的身體。

「要上了。」

泉美輕聲說。

「交給妳了！」

香澄也出聲回應。

透過思考操作，泉美戴在左手腕的ＣＡＤ輸出啟動式。

兩人的乘積魔法沒有固定以誰為主。確實大多是由香澄負責建構魔法式，由泉美負責賦予事象干涉力，不過即使反過來由泉美建構魔法式，由香澄賦予事象干涉力，乘積魔法依然會以完全相同的形式發動。

黑暗裡產生光源。沒有亮到眩目，只盡到照明職責的光照亮光宣的身體。

在魔法照明下，光宣露出困惑的表情。大概是不知道兩人分散力量用在毫無攻擊力的魔法有什麼意義吧。

當然，直到這裡都只不過是準備階段。是方便魔法瞄準的程序。

下一個魔法發動。光宣也沒在發呆，不過大概是困惑影響決斷速度，這次是泉美比較快。

光宣頭上出現強烈氣旋。大量空氣維持常溫瞬間壓縮。

泉美不是將這個空氣塊砸向光宣，而是朝正下方釋放。

因為絕熱膨脹而急速冷卻的下降氣流襲擊光宣。

「冷氣嵐流」。崇拜深雪的泉美想使用和深雪相同的冷卻魔法，因而學會這個新魔法。

「好……好冰！」

受到帶著冰霧的強風吹襲，香澄放聲哀號。

「對不起！」

泉美道歉的聲音有點緊繃。原因在於寒冷與慌張。她剛學會「冷氣嵐流」，看來還沒完美到能夠擋下餘波。

「沒關係。不提這個，成功了嗎？」

無須香澄這麼問，泉美也注視著冰霜覆體的光宣。

光宣發出燦爛的魔法白光站在原地。動也不動。

相對的，也沒倒下。

如果光宣失去手腳的力氣，那他沒摔倒很奇怪。假設全身僵硬，一般來說也不可能就這麼一直站著。

「香澄，再一次！」

泉美大喊的同時，光宣產生變化。

光宣頭髮、臉上與衣服上的冰霜瞬間消失。

冰霜消失後的他，全身沒沾上一滴水。

光宣朝泉美她們伸出右手。

「要上了！」

香澄以焦急的聲音回應泉美。不過並非重複剛才的程序，這次是由香澄主導。

氮氣比例超過百分之九十的強風吹向光宣。

「窒息亂流」。以氧氣濃度極低的氣流引發缺氧症狀的魔法。

但雙胞胎使出的「窒息亂流」被光宣的護盾擋下，再被光宣從上空拖下來的下降氣流破解。

「————」

泉美看見光宣嘴脣在動。香澄沒察覺，泉美也因為狂風而聽不到光宣說了什麼。

只是泉美不經意認為光宣在告知「接下來換我了」。

泉美感受到剎那的魔法發動徵兆。同時，吹起一陣微風。

泉美連忙架設反物資護盾。

但這陣風在護盾表面靜止，在護盾內側再度吹起。不是風穿透魔法護壁，是魔法穿透護壁。

只不過這個現象本身沒什麼意義。泉美與香澄最初感受到風的時候就為時已晚。

香澄突然倒下。

泉美連忙抱住香澄，重新進行忘記至今的呼吸。

緊接著，泉美的意識也被黑暗吞噬。

香澄與泉美的身體在重摔路面之前被無形的手接住，就這麼輕輕躺在路上。

接住兩人身體的救星與奪走兩人意識的禍首，都是光宣的魔法。前者是以移動系魔法停止，再以加重系魔法減輕重力。後者是以聚合系魔法降低氧氣濃度，和雙胞胎使用的「窒息亂流」在原理上屬於相同魔法。他不是竭力突破兩人的魔法防禦，是在對方發動魔法時使用同種類的魔法造成誤認。這是從周公瑾的知識取得的技術。

光宣操作氣流，將提高氧氣濃度的空氣吹入兩人的鼻孔，就這麼強制將氧氣送進肺部。

兩人同時咳嗽，再度呼吸。

光宣使用下一個魔法。以古式魔法的幻術引導半清醒失去魔法抵抗力的兩人入睡。兩人正要張開的眼皮閉上了。平緩的呼吸證明兩人和剛才的昏迷狀態不同，處於對身體無害的熟睡狀態。

光宣鬆了口氣。傷害這兩人不是他的本意。光是對她們使用攻擊魔法就感到歉意。

光宣知道自己成為十師族逮捕暨討伐對象的原因。但他自己不想和十師族敵對。

他只是想救水波。確認水波的意願，如果水波願意接受他的想法，就讓水波成為寄生物。之後他計畫兩人一起隱居。水波希望的話，他也想過將水波還給四葉家。以四葉家的能耐，無論十師族說什麼，他認為肯定至少能保護自家人。

所以即使遭受攻擊，他也希望盡量和平解決。他從小就認識香澄與泉美而且相處融洽，對兩人進行有後遺症風險的攻擊，在他心中是苦澀的決定。雖然自認盡量以不痛苦的方式剝奪兩人戰力，而且儘可能迅速完成急救措施，但光宣不認為這會成為免罪符。

光宣承受著不是滋味又擺脫不掉的感覺，走向醫院後門。

刻意不粉飾言語，他的目的就是要抓走水波。今天他來到這裡是打算不顧水波的意願，直接從醫院帶走水波。他打從一開始就認為沒時間說服。依照光宣的計算，現在已經是達也「飛」過來也不奇怪的時間了。

光宣朝後門伸手。但他下一秒被迫收手大幅向後跳。

乾冰子彈射穿他的殘影。

「光宣，投降吧！」

從頭頂傳來的聲音引得光宣抬頭。

「幻術已經穿幫了嗎……」

光宣不禁低語。真由美在醫院樓頂俯視他。

◇　◇　◇

追著光宣身影跳上樓頂的真由美，在這時停下腳步。

光宣站在對面那一側的邊緣。

在厚厚雲層的遮擋之下，看不見月亮與星星。位於這個高度，東京市中心的雲反射地面的照明，看起來朦朧發光。微弱的光芒勉強讓光宣的背影浮現。

光宣背對真由美。

即使真由美活化想子準備攻擊，他也沒轉身。

「光宣，乖乖束手就擒！只要不繼續抵抗，我不會對你不利！也會好好聽你解釋！」

即使真由美喊話，光宣也沒反應。別說攻擊徵兆，甚至沒有防禦的舉動。

真由美迷惘了。攻擊毫無抵抗的對手，終究令她感到躊躇。

但是也不能在這裡放他走。光宣已經化為寄生物。雖然真由美沒親眼確認，但她不認為達也會為此說謊。她的學弟不是會說這種惡質謊言的人。而且寄生物不是可以置之不理的存在。

「光宣，把ＣＡＤ放在腳邊，雙手舉高！」

為了催自己做出決定，真由美喊話要光宣投降。

光宣首次在樓頂起反應。只把頭轉向真由美。他的側臉露出妖異、邪惡又超脫人類的美麗笑容。

不，與其說超脫人類，應該說他不是人類。

真由美並不是懷疑光宣已經化為寄生物的說法。

但是在這個時候，她終於真正確信並認同光宣已經變成人類以外的存在。

真由美建構拿手魔法「魔彈射手」的魔法式。

她已經不再躊躇。

座標設定成包圍光宣的十二個槍座發射乾冰彈。

肩膀、胸口、腹部、腰部與大腿被冰冷的子彈貫穿——不對，撲空了。

（幻影？這是「扮裝行列」？）

製作深達情報體次元的幻影讓對方失準的九島家魔法「扮裝行列」。決定從事本次作戰的時候，父親弘一將這個魔法的存在告訴真由美。

正如預先聽到的說明，質感完全無法和實體分辨。真由美使用「魔彈射手」的時候，同時從六個方向觀察光宣。但是從每個角度獲得的視覺情報都完全沒讓她覺得不對勁。

（既然找不到本尊……！）

真由美的拿手魔法是遠距離精密射擊。如果不知道目標位置，她的特技就無法發揮。

但她不只是「世界首屈一指的遠距離精密射擊魔法師」，同時也是別名「萬能」的七草家長女，恐怕也是七草家最強的魔法師。真由美手上的牌可不是只有「點」的攻擊。

（「扮裝行列」是在自己附近設置幻影，引開敵方攻擊的魔法……）

這是真由美聽到的「扮裝行列」特徵。

（既然這樣，光宣的本尊肯定在樓頂某處！）

真由美建構新的魔法式。發射一整面乾冰子彈的魔法「乾冰雹暴」。

樓頂上空三公尺處形成二氧化碳的氣塊，攝氏零下八十度的碎塊像是砸落般灑下。

樓頂約三分之二都在攻擊範圍。但是這波攻擊完全沒留下成功傷害光宣的痕跡。

即使如此，真由美也沒慌張。對她來說，「乾冰雹暴」的彈幕只不過是重頭戲的準備。

真由美打造一座封閉氣體的牢籠。只有氣體被阻擋進出。

乾冰同時在這座牢籠昇華。

二氧化碳濃度極高，攝氏零下八十度的空氣塊覆蓋半個樓頂。

真由美慢慢排出二氧化碳以外的氣體縮小牢籠，同時以琢磨敏銳的知覺朝向牢籠內部。

如果光宣在裡面，就非得使用某些魔法防禦。即使能隱藏自己的位置，肯定也無法隱藏持續行使魔法的氣息——真由美是這麼認為的。

但是一反她的預測，不管等了多久，樓頂都沒有新的魔法氣息。

相對的，地面產生真由美熟悉的強大魔法氣息。

在醫院後門附近發動的魔法氣息，來自她的兩個妹妹。

是香澄與泉美使用乘積魔法的波動。

（——上當了！）

真由美終於察覺這個詭計。光宣的目的始終是從後門入侵醫院。光宣的幻影是讓她遠離後門的誘餌！

幻影魔法的功能包括投射完美虛像，魔法的遠距離砲台，而且應該也能妨礙魔法偵測。必須是乘積魔法的強烈波動才能越過這道想子波的隔離牆。

真由美就這麼留下隔離氣體的護壁，在樓頂往後門方向跑。

（小澄，小美！）

她拚命忍著別哀號。香澄與泉美已經倒下。最壞的預測看起來成為現實。但現在必須以逮捕光宣為優先。至少要擊退光宣，否則也無法治療妹妹們。目標是朝著後門伸手的光宣。

真由美使用剛才在樓頂確保的大量二氧化碳製作乾冰子彈發射。

光宣收手大幅向後跳。真由美的攻擊僅止於貫穿光宣的殘影。

「光宣，投降吧！」

真由美的喊話引得光宣抬頭。

光宣沒回應，也沒有做出服從真由美這句話的舉動。

真由美毫不猶豫以乾冰彈狙擊光宣。

她的子彈和光宣的身體重疊之後，在他身後的地面粉碎。這次真的是「扮裝行列」。真由美瞬間如此判斷。

（又這樣？）

納入控制的二氧化碳氣塊，真由美沒有凝固而是直接壓縮。十公尺立方的氣體捏成直徑一公尺的球體。

真由美將這顆球體扔向光宣。

直徑一公尺的球體重摔在路面，擴大為半徑五公尺的半球形。沒有繼續擴散。真由美沒忘記將妹妹排除在攻擊範圍之外。

二氧化碳輕易突破引發中毒的濃度。如果寄生物的代謝功能和人類差不多，光宣肯定會避免直接在這股氣體中呼吸。

真由美在半球內部製作緩慢的氣流。強度甚至稱不上是微風。方向也不固定。看起來隨機，具備複雜規則性的微弱氣流。

這股氣流在某個地點被擋住。高度一七〇到一八〇公分，寬度五十公分前後。比光宣體格大一點的尺寸。

真由美在圓頂空間內部製造「魔彈射手」的槍座，朝該處集中發射。

隱藏至今的光宣氣息出現了。

路燈的微弱燈光浮現少年佇立的身影。

「扮裝行列」被破解。

真由美提高槍擊的威力與密度。用來製作子彈的二氧化碳準備充足。射出的子彈昇華回復為氣體，再度成為子彈的材料。

光宣忽然舉起右手。

真由美以為這是投降的手勢。

不能斷言沒因而出現破綻。

不過，至少「魔彈射手」的槍擊沒停。

所以光宣進行的反擊，應該認定和真由美的破綻無關。

引誘真由美離開的光宣幻影，在她使用「乾冰雹暴」的時間點消失。

已經消失的幻影沒留在真由美的意識裡。

所以即使剛才投射虛像的場所出現深黑色的影子，真由美也沒察覺。

影子伸出四條腿。

依序塑造出脖子與頭，另一側附有細長的尾巴。輪廓看起來像是老虎。

張大的嘴巴裡長出利牙，發出雷鳴代替咆哮。

真由美連忙轉身。

身披雷電的影獸已經就在眼前。

真由美無計可施被影獸推倒。

影獸一口咬向真由美。

真由美的身體沒有噴血，而是被剝奪意識的電擊襲擊。

倒在樓頂邊緣的真由美身體大幅搖晃。

「糟了！」

這聲大喊來自光宣口中。

「真由美小姐！」

真由美的身體墜落。

光宣建構重力控制的魔法要接住她。

但是他還沒使出魔法，真由美的身體就被從天而降的魁梧人影籠罩。

對於光宣來說，真由美從樓頂墜落完全是失算。

他連忙要使用魔法拯救真由美。

但是在這之前，容貌魁偉的男性救了她。

從天而降，在空中接住真由美，控制重力與慣性無聲無息降落在路面。這個人完全消除力道無聲著地。但是光宣的耳朵聽到震撼大地的幻音。

「十文字先生……」

這具魁梧的身體正是十文字家當家——十文字克人所有。

克人就這麼抱著真由美背對光宣。輕輕讓她橫躺在路面。

光宣沒從克人背後攻擊——不對，他做不到。

他被克人默默告知「等我一下」的背影震懾。

克人站起來之後轉身。

光宣連忙留下「扮裝行列」的幻影後退。

但是這個動作不構成閃躲的意義。

克人射出透明的牆。約兩張榻榻米大，長寬一八〇公分多一點，設定為固體無法穿透的魔法護壁，以非常快的速度接近光宣。

光宣連忙向右跳。

雖然護壁不會對固體以外的物質與物理能量造成影響，但這個魔法是對空間賦予「固體無法通過的透明牆」這個性質，幻影對空間賦予的性質恰好和這個定義相反，因此兩者無法並存。克人射出的「牆」粉碎光宣的「扮裝行列」，擦過光宣身體消失在黑暗之中。

撲向路面躲開克人攻擊的光宣，立刻起身編組下一個魔法。吸收周公瑾的知識所學到的新魔法，偽裝方位的「鬼門遁甲」。

光宣同時向左跑。如果「鬼門遁甲」成功，克人眼中的他肯定是往反方向逃。

但他只逃兩步就碰壁了。反物資護壁矗立在他前進的方向。

（「鬼門遁甲」無效？）

光宣瞬間這麼想，但立刻察覺自己誤解。

克人的魔法護壁建構成直徑四公尺，高兩公尺的圓形。

包圍所有方位的牆。讓對方誤認方位的「鬼門遁甲」毫無意義可言。

牆壁從正上方接近。如同要將圓筒狀的牢籠加蓋，圓形的「天花板」從天而降。

面對壓毀包圍網內所有物體的魔法護壁，光宣同樣以反物質護盾對抗。

將全力注入直徑五十公分的圓形護盾，對抗直徑四公尺的圓形護壁。

光宣的護盾和克人的護壁同時碎散。

光宣立刻發動跳躍魔法逃離「牢籠」。

著地的同時，光宣單腳跪下。他剛才和別名「鐵壁」的十文字家最強魔法師以護壁魔法硬碰硬。因為克人將力量分散到廣範圍，光宣將力量集中在窄範圍，才好不容易成功抵銷。這場較勁嚴重消耗光宣的精力。

但是光宣沒有放鬆休息等待精力回復的餘裕。

克人不是天真到准許光宣休息的人。

光宣在遭受追擊之前使出反攻的魔法。

「青天霹靂」。

在他擅長的釋放系魔法中，這是以對人魔法來說擁有強大攻擊力的術式。現在消耗過度的光宣絕對不能輕易行使這個魔法，但是馬虎的攻擊對克人不管用。

局部的空氣分子化為電漿，釋放電子流灑向克人。

但是碰不到克人。

下一剎那彷彿雪崩落下的陽離子群也全被魔法護壁擋下。

這在光宣的預料之中。

不是虛張聲勢，光宣從一開始就沒想過「青天霹靂」能傷害到克人。他的目的是暫時中斷克人的攻勢，以利自己轉守為攻。

（這招怎麼樣！）

光宣從口袋取出漆黑發亮的符咒「令牌」朝向克人。

這是從西洋古式魔法「地獄犬」改編，周公瑾的攻擊魔法「影獸」。如果以現代魔法的形式來分類，就是讓對方誤以為受到利牙或利爪的攻擊，以這個錯覺為底打造出「已經進行攻擊」的事實，算是系統外魔法的一種。

（這是從精神世界逆轉因果的系統外魔法。反物理護盾肯定擋不住！）

黑色的合成體逼近克人。

但是漆黑的「影獸」沒碰到克人身體就撞上魔法護壁消失。

（……十文字家護壁魔法的特殊作用是限定防禦對象，將別的空間屬性維持在原本性質？）

光宣沒因為這個結果而慌張，而是從眼前的現象冷靜分析克人的魔法。

十文字家的護壁魔法「連壁方陣」。對於光宣來說，棘手的與其說是防禦力本身，應該說是兼具領域干涉性質的這一點。

對於術士已定義隔絕功能以外的空間不接受任何事象改寫的領域魔法。

幻影或合成體都是投影在空間。必須勝過「連壁方陣」──也就是克人的強度，否則會被護壁消除。光宣吸收周公瑾之後提升技術，和寄生物同化之後提升速度，但是強度只維持以前的水準。即使如此，光宣擁有的事象干涉力也凌駕於大多數的魔法師，不過說來遺憾，以他的輸出即使竭盡所能也無法打破克人的護壁。

光宣在各處設置分身，在幻影之間迅速飛竄。不是使用「扮裝行列」，而是單純製作虛像，這是為了節省魔法資源。他以這種方式擾亂克人，接連發動魔法。

──「雷光」、「青天霹靂」、「電漿彈」、「熱風刃」。

包括他平常熟練使用的魔法……

──「窒息亂流」、「乾冰雹暴」。

以及用來出克人於不意的七草姊妹拿手魔法，使用多采多姿的術式不斷攻擊。

但是克人在他面前擋下所有攻擊。

而且抓準短暫的空檔射出攻擊型連壁方陣的護壁。

不是集中朝單一位置發射數十次，而是霰彈式射向分布在各處的所有幻影。

其中一枚命中光宣。

「攻擊型連壁方陣」是以無穿透性的固態護壁接連撞擊，破壞對方防禦摧毀主體的魔法。如果只有一枚就和一般的加重系魔法差不多。光宣以反物資護盾抵銷克人的護壁。

因為出招抵銷，所以對克人曝露自己的位置。

「攻擊型連壁方陣」迎面而來。

「鬼門遁甲」來不及。

光宣解除自己的護盾，同時發動加速魔法。

克人的護壁撞飛光宣。

劇痛而差點昏迷的光宣拚命維持意識，將撞飛的方向改成上方，增強力道。

即使斷了好幾根肋骨，內臟也受到重創，還是進一步對自己使用反重力魔法。

在黑暗之中，光宣的身體迅速上昇。

傷痕累累的他突破低垂的雲層成功逃走。

◇◇◇

真由美她們七草姊妹，暫時被送進水波所住的醫院。達也與深雪趕到時，香澄與泉美還沒清醒，但真由美不是從一開始就完全昏迷，所以雖然無法下床，卻已經是能自行起身說話的狀態。

「總之看來沒受重傷，真是太好了。」

「我覺得是光宣手下留情。」

對於達也這番話，真由美露出自嘲的笑。

「……光宣的目的只有水波，肯定沒有認真和我們敵對的意思喔。」

「與其說沒有敵對的意思，應該說我們不足為敵吧。」

對於深雪的安慰，真由美也只能彆扭回應。

「學姊……」

「……對不起。我說得太孩子氣了。」

達也以責備般的語氣說完，真由美似乎終於察覺自己失常。

「不……我覺得輸了當然會不甘心。」

深雪說的這句話，使得真由美一臉隨時都要歪頭納悶的表情。

「……深雪學妹也輸過嗎？」

「……是的，那個……我輸過……」

「對……對不起，我問了怪問題。」

「話說回來，十文字學長在追蹤光宣嗎？」

在奇妙氣氛坐鎮之前，達也換了話題。

「嗯。雖然我不是直接聽他說的……」

真由美也抓準這個機會，順著達也所帶的方向說下去。

「不過十文字家的人是這麼說的。」

真由美輕輕嘆口氣。這不是自嘲也不是自我憐憫，是感慨的嘆息。

「十文字果然厲害……能夠毫髮無傷擊退光宣，只能說了不起。」

「十文字學長的實力確實高超……但如果只有十文字學長一個人，我想會打得更辛苦。」

深雪這番話引得真由美「嗯？」歪過腦袋。

「香澄學妹與泉美學妹，再來和七草學姊戰鬥，光宣肯定也消耗不少精力。如果沒有學姊妳們的奮鬥，十文字學長也肯定無法全身而退。我是這麼認為的。」

「是嗎……？不，也對，我就這麼認為吧。深雪學妹，謝謝妳。」

真由美朝深雪投以笑容，深雪微微鞠躬回應。

◇◇◇

後來，達也他們和清醒的香澄與泉美對話之後回到自家。

沒去水波的病房。畢竟傍晚剛探望過，而且聽說水波因為復健的疲勞正在睡。

「學姊她們好像回家了。」

達也看著行動終端機的畫面，將內容告訴深雪。

「感覺至少就這麼在醫院休息一晚比較好……在家裡果然比較能靜養嗎？」

「大概是待在和四葉家掛鉤的醫院會擔心吧。不是學姊她們，是七草家的當家會擔心。」

「哥哥，您這樣講很壞喔……不過，或許吧。」

深雪前後態度大變，達也對此只有苦笑。

看到達也一笑置之，深雪也露出安心的笑。說不定她原本以為自己改變態度的做法失敗了。

「話說哥哥，十文字學長抓得到光宣嗎？」

無法否認深雪抱持「必須換個話題」的想法。但即使除去這一點，深雪也真的在關心追捕光宣的現狀。

「應該很難。」

達也的回答簡潔又悲觀。

不是因為達也親身體驗到光宣高強的實力。

「十文字家的魔法正如『鐵壁』或『首都最終防壁』的別名，適合防衛據點。在迎擊並擊退敵人的任務能發揮無與倫比的實力，但我不認為適合追蹤與逮捕的工作。」

「這麼說來，在上次的『吸血鬼事件』，追蹤逃竄的寄生物時，記得學長也沒什麼活躍的場面。」

「任何人都有擅長或不擅長的領域。十文字學長或許也認為自己喜歡迎擊更勝於追捕吧。」

「哎呀，哥哥，適不適合跟喜不喜歡不一定能畫上等號吧？」

「……這次敗給妳了。」

達也笑著舉起雙手，深雪以得意的笑容回應。

「先不提十文字學長的想法……」

達也臉上半開玩笑的笑容消失。

深雪也回復為嚴肅的表情。

「光宣的目的是入侵醫院，所以自己限制了行動範圍。如果礙於必須盡量避免破壞醫院的方針，那他入侵的路線就限定在正面出入口、夜間出入口、職員出入口、後門與樓頂。以十文字學長的角度來看，只要等光宣跳進他的手掌心就好。」

「可是光宣有『扮裝行列』與『鬼門遁甲』。兩種魔法都是讓對方看得見卻找不到真正位置的魔法。即使知道他會來，應該也很難抓到吧？」

「對於十文字學長來說，不需要知道光宣的正確位置。」

「……抱歉，請問這是什麼意思？」

「魔法護壁的用途不只是從外側保護內側，也可以用來將對方封鎖在內側出不去。」

深雪輕輕發出「啊」的一聲，單手捂嘴。

「關於十文字學長能將魔法護壁擴大到何種程度，我不知道詳細的規模，但是不會只有一到二十公尺。只要預測光宣的行動範圍，以護壁領域包圍就好。這麼一來使用『扮裝行列』或『鬼門遁甲』也跑不掉。」

「原來如此。只要知道從哪裡來，以十文字學長的能力……」

「可以無視於魔法偽裝，直接逮捕。」

「不過，在無法確定光宣去哪裡的狀況，很難破解『扮裝行列』與『鬼門遁甲』……是這個意思吧？」

「我是這麼認為的。如果這個推理沒錯，要逮捕逃跑的光宣肯定很難。」

達也說到這裡停頓，露出像是無奈聳肩時的苦笑。

「只不過，也不是說我就抓得到。如果他併用『扮裝行列』與『鬼門遁甲』，我用『精靈之眼』也很難找到他吧。」

「是這樣嗎……」

「多派人手腳踏實地去找，可能是最快的方法……就期待七草家與九島家的搜索網吧。」

◇◇◇

「我太天真了……」

光宣背靠電動車廂的座位椅背，在放心吐氣的同時發出後悔的呢喃。

他擺脫克人指揮的十文字家追擊部隊，坐進開往北陸的個人電車，是短短十分鐘前的事。

多虧寄生物的治療能力，克人造成的傷已經痊癒。

以「扮裝行列」改變長相的光宣搭乘的電動車廂由子母電車收容之後，他終於可以確信「完全逃離了」。

即使如此，他還是沒解除「扮裝行列」的喬裝。雖然宣稱電動車廂裡的乘客隱私受到保障，但是不知道可信度有多少。說不定公安之類的單位會偷裝監視器，而且也無法保證十師族不會檢視影像。

不過某種程度從緊張之中解脫的現在，光宣有餘力回顧今晚的失敗。

光宣自認沒低估十師族。但是從結果來看，只能承認自己輕敵。他原本想靠自己一個人帶走水波，也相信自己做得到。

不過實際上他連入侵醫院都沒成功。直到打倒七草家三姊妹都沒問題，卻被十文字家的當家擋下，不得不放棄帶走水波。

真由美、香澄與泉美，他也不是輕易就打倒。由於是短時間內決定勝負，看起來或許像是壓倒性的勝利，但三人的棘手程度都遠超過他的預測。

香澄與泉美若是輪番上陣，光宣肯定不會陷入苦戰。即使兩人同時攻擊，如果只是一加一，對於現在的光宣來說也不是威脅。

然而以乘積魔法合而為一的兩人，確實將光宣逼入困境。

當時泉美主導的魔法使得光宣身體表面凍結，並不是光宣要讓對方大意的演技。如果沒有寄生物的治癒能力，他可能在那個階段就束手無策。

後來的「窒息亂流」也是，要不是預先知道兩人擅長那個魔法，他的反擊也不會那麼犀利成功吧。

真由美比使用乘積魔法的香澄與泉美兩人更強。致勝的大陸流古式魔法，也就是以合成體作為媒介的那個攻擊術式，光宣原本沒預定在今晚使用。

真由美破解「扮裝行列」，完全在他的意料之外。

還有十文字克人。光宣和克人不熟。雖然姑且見過面，但印象中僅止於打招呼。實際交鋒之後才知道。不對，應該說實際以矛與盾過招之後才知道。

克人真的是「鐵壁」。即使重新回顧，也完全想像不到自己突破克人防守的樣子。

不能以「剛和七草三姊妹打過」為藉口。

那幾場連續的戰鬥確實消耗部分精力。

不過光宣早已預測到這一點，進而決定在今晚襲擊。

而且即使沒和真由美她們交戰消耗精力，光宣也不認為贏得了克人。自己應該不會輸，卻也不覺得打得倒克人。

（……對我來說，或許是比達也更強的敵人……）

「連壁方陣」的特性能讓幻影與合成體失效。

以「範圍」封鎖並以「面」攻擊的戰術專剋「扮裝行列」。

——只憑自己的能耐無法攻略。

光宣在電動車廂的座位上咬牙感受著自己的懊悔。

[5]

光宣襲擊的隔天，達也收到真夜的傳喚。

搭乘兵庫開來迎接的VTOL，途中轉由那條地下道前往本家。抵達時與其說是上午，應該說還在早晨的時段。

「抱歉一大早要你過來。」

所以真夜這句開場白沒什麼好奇怪的。問題在於她為什麼在這麼早的時間，不是以電話聯絡而是直接叫達也過來。

「其實五角大廈的協助者提供重要情報。畢竟是機密的情報來源，所以想直接對你說。」

USA即使改為USNA，國防部的所在地也沒改變。總部大樓也只有外表沒變，依然通稱為五角大廈。

「在下不知道五角大廈有協助者。」

亞夜子沒對達也提到巴藍斯上校的事。對達也的好意以及身為情報員的職業道德，亞夜子區分得很清楚。

「改天再介紹給你認識。」

即使本家成員的身分獲得認可，達也也還不知道四葉家的全貌。不用聽人說明就知道的知識也不算少，但是距離全部知道還很遠。

「我收到的情報是這樣的。」

「請說。」

真夜說到這裡，達也也移回注意力。

「STARS好像出動處刑部隊了。」

「不是逮捕而是處刑嗎？在下略感意外。」

達也認為STARS幾乎肯定會派部隊追捕莉娜。她逃離至今一週，現在才派人甚至算慢了。然而目的是暗殺就超乎達也的預測。莉娜——安吉．希利鄔斯是國家公認的戰略級魔法師。在一般兵力充實的USNA，她的優先順位應該比其他國家低，但依然是寶貴的戰力無誤。

「據報這不是五角大廈的決定。」

「STARS的獨斷決定嗎？」

「不過好像默認了。」

「看來USNA內部也有嚴重的對立問題。」

「嗯，這應該是正確答案吧。」

達也不知道究竟是什麼和什麼的對立。不過其中一方勢力將莉娜視為眼中釘，另一方捨不得莉娜身為戰略級魔法師的戰力，但是與其放她逃亡到其他國家還是不得不暗殺吧。達也是這麼推測的。

真夜知道ＵＳＮＡ更詳細的內情，但她沒在這時候說明。

「已經知道具體的入侵路線嗎？」

「如果知道，你願意幫忙處理嗎？」

真夜以問題回應達也的問題。

「只要您一聲下令，在下就會『解決』。」

達也的回應毫無躊躇。

真夜嘴角愉快地綻放笑容。

從兩人的表情看不出對於殺人有任何避諱。

來到日本的STARS隊員計畫在別的主權國家進行暗殺這種非法行為。即使反過來被殺也沒資格抱怨吧？這恐怕是兩人真正的想法。

「可惜沒掌握到入侵路線。不過知道預定抵達的時間。」

「請問是什麼時候？」

「今晚。」

「……那就沒時間調查了。」

「是啊。」

大概是達也面有難色的樣子很有趣，真夜說完單手捂嘴發出高雅的笑聲。

「……對不起。不過並不是完全無計可施喔。我已經派人監視首都圈的機場與空軍基地。雖然沒能顧及海路，但我想這次忽略海路也沒關係。」

「問題在於對方使用首都圈以外的機場該如何應對嗎？」

達也立刻點出問題所在。

「說得也是。」

真夜看起來沒因而壞了心情，同時也沒有佩服的樣子。大概認為這種程度的事情理應立刻察覺吧。

「只不過也不能洩漏這個情報，所以在這種狀況，只能採取見機行事的方針吧。」

「好的。」

達也也對這個方針沒異議。

「那麼，到時候就拜託你了。」

即使突然回到剛才的話題，達也也沒慌張。

「在下可以直接解決他們嗎？」

「這樣沒有後顧之憂，其實比較好……不過政府那邊應該會有別的意見吧。」

「知道了。在下會以盡量活捉的方針進行。」

「嗯，麻煩這麼做。」

真夜說完離席。應該是她要說的都說完了吧。

達也也跟著起身，朝真夜前傾四十五度行禮致意。

光宣逃離克人指揮的十文字與七草聯軍之後，暫時在富山下車隨便找間包廂咖啡廳進入。這麼做是為了確認是否完全擺脫追捕。

完全由機器人服務的包廂咖啡廳，不必見到職員或其他客人，相對的風險就是代替人類服務的機器人（反倒是女性機器人比較多）眼部有監視器，可能被有心人透過網路監視。

不過現在的光宣以「扮裝行列」喬裝成不顯眼的容貌，不必提防有人透過監視器觀看。到頭來，如果在這個現代國家對監視器感冒，根本沒辦法在公共空間行走。

包廂咖啡廳除了提供飲料與簡餐，也提供網路服務以及限定店內收看的影片。不過光宣除了飲料沒點任何食物或利用任何服務。

為了打發時間，他想嘗試占術。依照來自周公瑾的知識，雖然無法指望完全預知未來，卻可以提供抽象情報當成今後行動方針的參考。

他從腰包取出布製的遁甲盤。是在手帕大小的黑布以綠、紅、黃、白、藍等五種顏色的線刺繡製成。不是「鬼門遁甲」，是從正統的「奇門遁甲」改良的占卜道具。

占卜對於今天的自己來說屬於「吉」的場所，結果是「西南」、「島」、「空」、「港」。

（空與港，正常來想應該是機場吧？從這裡往西南方，位於島上的機場……不對，是成為機場的島嗎？）

光宣腦海浮現的選項是關西國際機場與神戶機場。光宣不是以占術，而是以直覺將目的地定為關西機場。

再來占卜「時間」。結果是「今天」的「夜晚」。

時間還很充足，但是不知道當地會發生什麼事。早點抵達應該比較好吧。

經過的時間已經足夠確認是否還有人在追蹤——沒受到任何人的追蹤。

光宣離開包廂咖啡廳，再度前往個人電車的車站。

◇◇◇

這個季節，關東地區的日落時間在下午七點以後。

如果是晴天，餘暉應該還在對抗黑暗吧。不過厚重雲層覆蓋的天空向地面告知黑夜來臨。

從ＵＳＮＡ洛杉磯起飛的直達班機抵達關西國際機場。一名年輕男性與一名少年搭乘這班飛機，不過乘客大多是美國人，盎格魯．撒克遜人的外表一點都不顯眼。

真夜的情報與達也的推測大致正確。唯一的錯誤在於今天來到日本的不是處刑部隊，是先遣小隊。

戴深色墨鏡的年輕男性（仔細看應該看得出右眼是義眼）是雅各．雷谷魯斯中尉。從STARS派遣的只有他一人。

隨行的少年是雷蒙德．克拉克。他再度來到日本不是父親艾德華的指示，是寄生物之間「討論」之後的決定。

雷蒙德懷抱著想讓達也屈服的扭曲執著而化為寄生物。這個強烈的願望使他在寄生物之中掌握了關於暗殺司波達也的主導權。

「電車月臺好像在那裡。」

以假護照完成入境程序走出接機大廳的雷蒙德，轉身看著隨行的雷谷魯斯指向車站方向。

『要搭電車？』

雷谷魯斯以心電感應回應。

「Ｓｈ！」

雷蒙德連忙實際發出聲音，提醒他不要出「聲」。

「啊，啊啊，抱歉。」

雷谷魯斯向雷蒙德道歉。

心電感應的對話可以不必在意竊聽器，卻有著被魔法師或異能者察覺的風險。若問哪一種比較棘手，對他們來說顯然是後者。

收音器的有效距離有限。若能鎖定對象，即使隔很遠也收得到聲音，在嘈雜環境也能過濾聲紋只擷取特定聲音。但如果不知道目標對象就做不到，頂多只能識別關鍵字追蹤可疑的聲音。

另一方面，心電感應沒有距離限制。能捕捉的範圍依照個人能力強弱而改變，但是和其他魔法一樣，基本上不會受到物理距離的束縛。

而且以心電感應對話的人數少得多。可能有人會偶然聽到心電感應的對話，察覺他們的真面目也不一定。

所以兩人在出國前討論，決定不使用心電感應。只不過，寄生物之間使用心電感應溝通才是

自然的形態。雷谷魯斯自以為正常說話卻不小心使用心電感應。遭受指摘的他率直道歉。

而且他們的警戒並不是白操心。

◇◇◇

「這邊是神戶水上警察署的空澤巡查。捕捉到心電感應的發訊了。應該是剛才來自洛杉磯班機的乘客，請檢查入境名單資料。」

前來支援機場警備的一名魔法師警官偵測到雷谷魯斯的心電感應，立刻以無線電詢問警備中心。

『進行確認……乘客名冊查不到魔法師，可能使用偽造的護照。空澤巡查，知道對方的詳細面貌嗎？』

「二十多歲男性與十五歲以上少年的兩人組。都是白人，男性灰髮戴墨鏡，少年是金髮。發出心電感應的推測是灰髮男性，兩人好像正要前往個人電車月臺。」

『這邊會派人支援，繼續追蹤別跟丟。此外，拍下兩人的照片傳送過來。』

「收到。」

◇　◇　◇

「雷蒙德，警察正在跟蹤。」

「咦？」

雷谷魯斯先察覺制服警官正在追蹤。

既然是穿制服的警官跟在後方應該都會發現，不過以這個場合來說，與其說因為雷蒙德是外行人，應該說警官的跟蹤功力了得。

「抱歉，應該是剛才的心電感應被偵測到了。」

雖然這麼說，但雷谷魯斯是菁英魔法師軍人，而且作戰時大多負責需要觀察力的狙擊任務。外在特徵很好認的制服警官要偷偷跟蹤他的難度很高。

「傑克，怎麼辦？」

「我們不熟悉這裡的地理，玩捉迷藏對我們不利。」

「那麼……」

「行李扔掉。反正沒帶什麼重要的東西過來。」

即使身為STARS，雷谷魯斯也沒瞧不起這個世界，認為能偷帶武器通過海關。他現在手無寸鐵，預定在東京大使館張羅武器。

「護照在身上吧？」

「沒問題。」

雷谷魯斯問完，雷蒙德以擺脫慌張的聲音回答。

「好，用跑的！」

兩人留下行李箱拔腿就跑。

◇◇◇

「這邊是空澤巡查。疑似非法入境魔法師的雙人組扔下行李箱開始逃走。已經轉向前往有人計程車搭乘處。」

跟蹤雷蒙德等人的制服警官以通訊機通知兩人逃走。

『追蹤他們。行李箱的照片寄過來。這邊會回收。』

「收到。」

警官一邊跑一邊操作情報終端裝置，將確保證據用的行李箱照片回傳。

『收到檔案了。』

「請准許使用魔法移動。」

『准。』

聽到這句話的同時，警官的身體飛到人群的上方。

◇◇◇

「追過來了！」

制服警官在空中飛奔接近。

首先察覺的雷蒙德出聲警告雷谷魯斯。

「瘋了嗎？」

日本警官居然在人這麼多的室內做出那麼花俏的舉動？這完全在雷谷魯斯的預料之外。

在ＵＳＮＡ也鮮少看得見這麼華麗的追捕場面。各州大多以別造成民眾心理威脅為理由，警察使用魔法時原則上盡量避免顯眼。比起目睹警察使用魔法，市民目睹消防人員使用魔法的機會多得多。

其實在日本，大部分的地區也和美國的狀況相同。阪神地區是例外。只不過即使事先知道這件事，應該也無法迴避這個狀況吧。

雷蒙德像是撥掉東西般朝警官揮手。

已經進逼到後方不遠處的警官整個人被震飛。這是雷蒙德化為吸血鬼之後學會的念動力。

「雷蒙德！」

「這也難免吧！」

雷谷魯斯中止斥責。這確實在所難免——畢竟已經動手了。不過這麼一來，他們隱藏魔法技能偽裝成普通人入境的事實就曝光了。

感受到魔法發動的徵兆。剛才打飛的警官看來已經恢復。此外還有其他人的氣息像是要包圍他們般聚集，應該是支援的警力。

雷谷魯斯慌張了。沒想到入侵日本的第一步就受挫。他預測首都圈的機場與基地應該是嚴格把關，才選擇關西國際機場。這份顧慮逐漸變得完全白費。雖然原因在於自己的疏失，不過居然因為那種小小的失敗而陷入此等絕境，即使不是雷谷魯斯也料想不到吧。

沒動員當地人協助的非法入境計畫果然太魯莽嗎……

這樣的後悔掠過雷谷魯斯腦海。

不過，絕對不能在這裡乖乖束手就擒。

「不得已了。雷蒙德，強行突破吧。」

雷谷魯斯發動自我加速魔法，一口氣鑽過人群的縫隙。

雷蒙德也立刻跟上。雷蒙德好像撞到行人，但現在即使對方受重傷也無暇理會。

兩人抵達提供觀光導覽的有人計程車招呼站。

「搶車吧。」

「知道了！」

雷蒙德充滿活力回應雷谷魯斯的指示。

一旦覺悟必須戰鬥，雷谷魯斯就是號稱世界最強魔法師部隊的STARS一等星級隊員，面對警官毫不畏懼。雷蒙德是沒有軍警身分的外行人，不過外行人特有的「天不怕地不怕」在現在的狀況帶來正面效果。

他們物色開得快的有人計程車。司機如果是不會魯莽抵抗的類型更好。

不過兩人注意到的——吸引兩人視線的不是計程車，是一輛大型高級黑頭自用車。像是黑幫幹部遵循傳統搭乘的車輛。

『上車。』

雷蒙德和雷谷魯斯轉頭相視。現在對他們搭話的是心電感應。但明顯是同胞——也就是寄生物發出的訊號。

雷蒙德朝雷谷魯斯點頭。

雷谷魯斯跑向黑頭自用車，打開後車門。

雷蒙德打開副駕駛座的車門。

兩人一上車，大型轎車就立刻起步。

強烈的魔法氣息覆蓋整輛自用車。

『這是……「扮裝行列」？』

雷谷魯斯以心電感應低語。

「是的，不過請避免使用心電感應。」

聽到對方實際開口這麼說，雷谷魯斯首度仔細觀察坐在身旁的少年臉孔。

然後語塞了。

甚至忘記呼吸。

如此俊美的少年居然真實存在，他至今連做夢都想不到。

只論美貌的話，安吉·希利鄔斯的真面目——莉娜也沒差太多。

但莉娜絢爛華麗的美貌透露出源自性格的親切感，鮮少給人難以接近的印象。

然而這名少年的美貌不只是造型，而是超乎凡人。

妖豔超凡之美。

墮天使該不會就具備這種美吧……雷谷魯斯忍不住思考這種毫不相干的事。

「因為心電感應可能無法以『扮裝行列』完全隱藏。」

少年看起來不在意雷谷魯斯冒犯的視線這麼說。肯定是慣於受人注目吧。

「啊……啊啊，抱歉。還有，你救了我們。謝謝。」

雷谷魯斯就這麼坐著稍微低下頭。

「我是雅各．羅傑斯，大家都叫我傑克。」

接著他察覺還沒自我介紹，連忙報上姓名。此外「羅傑斯」是雷谷魯斯的本名。

「不用客氣。我叫做九島光宣。」

「我是雷蒙德．克拉克。」

雷蒙德從副駕駛座轉身加入對話。

「你說的『九島』是前十師族的『九島』？」

「是的。克拉克先生是狄俄涅計畫那位『克拉克』的關係人嗎？」

雷蒙德基於他在至高王座獲得的知識純真詢問。

「嗯，對。啊啊，叫我雷蒙德就好。記得我們只差一歲。」

「知道了。話說回來，希望我送你們去哪裡嗎？」

光宣問完，雷谷魯斯臉上略有難色。

「……預訂的飯店，警方已經布下天羅地網了吧。」

「說得也是。兩位護照上的資料大概已經分發通緝了。」

雷谷魯斯板起臉。雷谷魯斯也推測警方應該已經拍照和假護照比對。不過聽他人明確告知就忍不住慌張。

「不介意的話，我來為兩位準備落腳處以及新護照吧？當然是美國國籍又附有入境紀錄的護照。」

對於光宣的提案，雷谷魯斯還沒覺得「感謝」就先提高警覺。

「這樣對我們來說幫了大忙，但你為什麼貼心到這種程度？」

雷谷魯斯問完，光宣露出同時引得對方陶醉與發毛的笑容。

「因為我也是兩位的同類。」

雷谷魯斯也知道這一點。但他不認為這是唯一的理由。

「而且，我也有事情希望兩位幫忙。」

「咦，什麼事？」

看來雷蒙德不像雷谷魯斯有所提防。

以寄生物來說，雷蒙德的表現比較自然吧。寄生物的性質是「一為全」，個體具備獨立意識的同時，整體也共享單一意志。本質上不是「不可能」背叛同伴，而是「辦不到」。

「我想讓一個女孩加入我們。」

「女友？」

雷蒙德眼神閃亮積極問下去。

「不，目前還是單戀。啊，我不想強迫她加入。如果她不答應，我打算放棄。」

「是喔……真有耐心。了不起。我尊敬你。」

光宣的言行令雷谷魯斯覺得不對勁。

到頭來，「放棄讓他人成為同胞」的想法違反寄生物的本能。這種心態比他們更偏向人類。

而且雷谷魯斯看不見光宣的心。明明共享相同的意志，他卻無法連結到光宣的意識。

光宣無疑是寄生物，這是昭然若揭的事實。

不過，光宣和他們有某些不同之處。

雷谷魯斯不得不這麼認為。

◇ ◇ ◇

使用心電感應的非法入境犯突破警方包圍逃走。這個情報從當地的警察回報給二木家，經由二木家分享給十師族。

「結果是關西機場嗎……」

差不多快要換日的深夜，達也從葉山的電話收到這個消息。

『是的。黑羽家已經接下搜索任務。請達也大人和至今一樣在東京與巳燒島待命，這是夫人

的指示。』

「既然非法入境犯是STARS，目標應該是莉娜吧。知道了，這邊會提高警覺。」

『警察拍到的非法入境犯照片傳送給您。其中一人是雷蒙德・克拉克。』

達也稍微睜大雙眼。

「雷蒙德・克拉克？」

『雖然還不確定，不過從同時觀測到的想子波動資料來看，推測雷蒙德・克拉克已經化為寄生物。』

「已經可以用想子雷達辨別寄生物了嗎？這是研究的成果吧。」

『這都是多虧達也大人協助確保實驗用的寄生物。』

去年二月在第一高中演習樹林封印的寄生物被四葉家帶走，真夜在前幾天的臨時師族會議親口公開這件事。達也這番話是基於這件事稍微挖苦，但是對葉山不管用。

達也也沒有駁倒葉山一吐怨氣的意圖。寄生物已經能用機械手段偵測的這個事實比較重要。

「不能用這個成果偵測光宣嗎？」

『調校為專門偵測九島光宣的雷達正由紅林研發中，請稍待一段時間。』

紅林是四葉家第三順位的管家，也是管理前四葉家調校設施的四葉家技術部門總負責人。他自己也是優秀的魔工技師，是達也在魔法工學領域的啟蒙老師。

「知道了，期待研發成果。」

『達也大人的嘉許，屬下也會轉達給紅林。話說回來，希利鄔斯過得如何？』

「看來還沒覺得無聊。」

『那就好。需要什麼物品的話，這邊會立刻派人準備。』

「我會轉告莉娜。」

『感激不盡。』

後來兩人簡單問候之後，視訊電話的畫面變暗。

達也不是在客廳，而是在自己房間接電話。早睡早起的深雪應該已經上床。

結束通話的達也，思考對象不是深雪，是亞夜子。

化為寄生物的非法入境犯，其中一人恐怕是STARS的魔法師。追蹤任務由黑羽家負責。從四葉家內部的職責分擔來考量，這麼做本身很自然。文彌與亞夜子加入的可能性不低。兩人有學業要顧。不像達也，沒被第四高中准許免除上學義務。但是感覺黑羽家會把出任務看得比上高中優先。

達也不太擔心文彌。他的「直覺痛楚」是精神干涉系魔法，對於寄生物肯定也充分管用。甚至可以說是剋星。

但是亞夜子沒有有效攻擊寄生物的手段。

寄生物的肉體應該無法以正常方式傷害。不過亞夜子碰不到主體。

即使如此，對手是STARS的話或許有辦法對付。至少一旦形式不利肯定可以逃走。

只不過，如果遭遇光宣——

（……想太多嗎？）

黑羽家接到的命令是搜索疑似STARS的非法入境犯。不是找出光宣。

——達也也沒想到，STARS的先遣隊已經和光宣會合。

光宣帶雷蒙德與雷谷魯斯到神戶的中華街。別名南京町的狹小地區。第三次世界大戰前，日本各地接連形成華人街，不過大戰之後還維持城鎮規模的只有橫濱與神戶。

神戶的中華街也和橫濱一樣有周公瑾的據點。即使光宣以新主人的身分進入，在據點工作的人們也沒說出任何疑問乖乖服從。主人的外型對他們來說一點都不重要。只要擁有主人才能打開的寶庫「鑰匙」，就夠格視為主人迎接。光宣從周公瑾的亡靈查出關於「鑰匙」機關的知識，所以順利打開寶庫。

光宣刻意不先知道內容物是什麼，滿懷期待打開寶庫的門，發現裡面只有破銅爛鐵而失望，

不過這就是另一件事了。

光宣是在隔天的二十七日星期四和雷蒙德他們詳談。

「……換句話說，傑克的目的是查出目前脫逃的希利鄔斯少校下落吧？」

光宣問完，雷谷魯斯點了點頭。之所以沒有立刻回答，是因為他克制自己別使用心電感應。

「可以的話，我要親手討伐希利鄔斯少校。如果難以成功就等待同伴抵達之後會合。」

「你的同伴什麼時候會來日本？」

「預定四天後，日本時間七月一日晚上抵達座間基地。但因為今年二月實行的那場作戰，預測日本當局會嚴加監視。即使抵達也沒辦法行動太多次吧。必須收集足夠的情報，然後一次就達成目的。」

他所說今年二月的作戰，是為了避免顧傑落入日本當局手中，由卡諾普斯指揮進行的暗殺任務。那個事件之後，丟盡面子的國防軍對USNA的態度轉硬。外務省與產業省相當著急，但國防軍的武官組抱持強烈的不滿，彼此在軍事實務面一直處於交惡狀態。

「知道了。我派部下尋找希利鄔斯少校的藏身處吧。」

「你說的部下是九島家的部下？記得繼承九島家的是長子玄明，光宣你也有可以自由調派的手下嗎？」

雷蒙德從旁插嘴問這個問題。

「雷蒙德，你真清楚。是用『至高王座』調查的嗎？」

不過，感到驚愕的是雷蒙德。

「你知道『至高王座』？」

光宣含糊一笑。一般人露出這種笑容的話是「掩飾的笑」，不過由光宣掛在臉上就是「神祕的笑」。

「我也有各種情報來源喔。」

「…………」

「協助搜索的部分就拜託你了。」

雷蒙德一臉愕然僵在原地，旁邊的雷谷魯斯回到剛才的話題。

「所以，我們要幫你什麼？把你的女友帶來就好嗎？」

「如果做得到，我很想拜託你們。不過……」

光宣苦笑說。

雷谷魯斯露出不悅的表情成為對比。他認為自己的實力遭到質疑。

光宣看到他的表情也沒有慌張的反應。

「她是四葉家的關係人。」

隨口說出的事實，使得雷谷魯斯睜大雙眼。

「你說的『四葉』是那個『四葉家』？」

「嗯。『不可侵犯之禁忌』的四葉家。雖說是關係人，其實是傭人，但她是四葉家下任當家的親信。」

「深雪的親信……？」雷蒙德輕聲這麼說，卻沒有繼續發言。

「她現在住進東京某醫院，不過為了抓到成為寄生物的我，周圍由十師族鞏固防守。」

「意思是不只四葉家，還包括其他十師族？」

「是的。」

光宣點頭回應雷谷魯斯的問題。

「具體來說是七草家與十文字家。不過這部分我應付得來。」

前天晚上，光宣剛被克人狠狠修理一頓。但他已想好如何鑽過七草家與十文字家的防護網。

「問題在於最後一道關卡，也就是四葉家的防守。司波達也……知道這個名字吧？和你們也有一段過節的對手。」

「啊啊，我知道。」雷谷魯斯回答。

雷蒙德想開口，不過暫且好好當個聽眾。

「我知道四葉家魔法師的實力是其他家系望塵莫及，再加上達也助陣，我完全碰不到她。」

上次是平分秋色。然而不只是光宣，達也同樣沒認真打。彼此並沒有放水，卻沒有基於「非得殺掉對方」的意義拿出真本事。

下次光宣面對達也也不打算退縮。和面對克人的狀況不同。他對於達也有著攸關己身存在的方針對立，有著某種執著。要是面對達也屢次退縮，會變得像是承認自己是錯的。

就算這麼說，如果拿出真本事打到底，結果恐怕是兩敗俱傷。

這樣就真的沒意義了。如果自己倒下，就無法拯救水波。

光宣陷入這樣的兩難。

而且雖然他沒清楚意識到，但還有一件事需要擔憂。

上次是平分秋色。不過即使是現在這時候，達也或許也正在研發對抗寄生物的魔法。

光宣吸收周公瑾的知識學到許多新魔法，但周公瑾終究是亡靈，不會創造任何新東西。不過達也有四葉家——前第四研以及日本頂尖的古式魔法師九重八雲撐腰。

光宣心底真正畏懼的不是達也的實力，是達也與他周圍人們的智慧。

「那麼，我應付司波達也就好嗎？」

這次光宣點頭回應雷谷魯斯的問題。

「不必打倒。我帶走她的那一天，你引誘達也到遠離醫院的某處就好。」

「聲東擊西嗎？」

「是的。」

「這樣不會太消極嗎？」

說這句話的是雷蒙德。

「達也在妨礙你吧？既然這樣就應該殺掉。不然就算你成功帶走那個女生，達也還是會追過來啊！」

雷蒙德歇斯底里的語氣使得光宣蹙眉。

「這我不在乎喔。只要她願意點頭，當天就可以移植寄生物完成。如果她不願意，我打算立刻把她還給四葉家。」

但他對雷蒙德說明的語氣維持冷靜。

「不像話！光宣你真的喜歡她嗎？既然喜歡到抓走她，事後歸還簡直是不上不下，你這種想法很奇怪！」

「喂，雷蒙德……」

雷谷魯斯安撫雷蒙德。但他的聲音沒傳入雷蒙德耳中。

「礙事的達也應該從這個世界上消失！」

「雷蒙德，你冷靜！」

雷谷魯斯用力抓住雷蒙德的肩膀逼他閉嘴。

「抱歉，光宣。」

「不，我不在意。」

如光宣所說，至少他表面上不在意雷蒙德的激動舉止。

「我也認為司波達也是必須打倒的對手，但是先以光宣的目的為優先吧。」

「你願意這麼做就幫了大忙。」

「只是……如果能打倒，即使打倒也沒關係吧？」

「嗯，這樣沒關係。」

對於雷谷魯斯補充的這句話，光宣回應時夾帶幾乎聽不出來的些許延遲。

◇　◇　◇

這天，達也上午在巳燒島度過，下午前往一高。

上課時間他在圖書館度過，放學後不是前往學生會室，而是風紀委員會總部。

「幹比古，在嗎？」

「達也？你今天有來啊？」

達也來得正好，幹比古不是在巡邏，而是在處理文書工作。

「下午來的。」

達也回答幹比古。一個嬌小的身影默默要從他身旁經過。

「香澄，身體沒問題嗎？」

達也朝這個學妹搭話。

香澄不情不願停下腳步。

「……沒事。抱歉讓學長擔心了。」

「這樣啊，那就好。」

香澄板著臉向達也低頭致意，然後匆忙離開總部。

「……發生了什麼事？」

幹比古在意剛才那一幕，應該是理所當然的心情吧。

「雖然不是香澄怎麼了，不過關於這方面想拜託你一件事。」

「拜託我……？」

「嗯。前幾天，我說過光宣的事吧？」

幹比古臉色一變。他察覺達也的請求和寄生物有關，所以在緊張。

「……嗯，我記得。」

「前天，光宣出現在水波住的醫院附近。」

「咦？那麼……」

此時幹比古頓悟，睜大雙眼不說話。

他快步關緊風紀委員會總部的門窗，最後取出符咒使用結界「封鎖」室內。

「……久等了。達也，坐著說吧。」

「嗯。」

達也與幹比古隔著長桌面對面坐下。

「那個……前天，七草學妹和光宣打過是吧？」

「沒錯。雖然沒外傷，卻中了幻術系的魔法睡著，在那之前，引發缺氧的魔法也對她造成打擊，所以我擔心後遺症。不過看來沒事我就放心了。」

「這樣啊……」

達也說自己放心時的平淡態度，使得聆聽說明的幹比古比他更鬆了口氣。

「所以，要拜託我什麼事？如果要我幫忙抓光宣，我很樂意協助喔。」

幹比古朝桌面挺出上半身。如他自己在星期一所說，幹比古認為處理寄生物原本就是他們古式魔法師的工作。

「這部分或許不久之後也會請你幫忙。不過當前希望你協助我修行。」

「什麼修行？」

在幹比古催促之下，達也說明修行內容。

「只有放學後有空，所以必須請你暫時停止風紀委員會的工作，可以麻煩你嗎？」

「你說這什麼話？」

幹比古不禁失笑。

對於達也來說，這是堪稱自家人的女孩出了大事。

對於世間來說，這是阻止妖魔囂張的重大事件。

明是如此，達也卻在意是否影響到區區高中的課外活動，這種嚴守紀律的作風令幹比古覺得莫名有趣。

「無論怎麼想，你的修行都比風紀委員會的工作重要吧？而且我正覺得差不多該考慮把風紀委員長的棒子交出去了。基於這層意義，這恰巧是個好機會。」

幹比古如此回應，爽快接受達也的請求。

一般認為妖魔是在黑夜活動。吸血鬼在這方面給人的印象尤其強烈。

但是寄生物不怕太陽，依循人類時代的作息，沒什麼要事的話就是日出而作日入而息。

成為寄生物之後也沒有時差問題。這究竟是基於哪種機制？雷谷魯斯深感興趣。但自己不是學者，即使思考也不知道真相吧。他決定將興趣僅止於興趣，上床入睡。

就在這個時候，某人敲響房門。雷谷魯斯聽到敲門聲的同時就知道是誰。

雷谷魯斯開門一看，正如他的猜測，雷蒙德獨自站在門外。

「方便進去嗎？」

「請進。」

老實說，他這時間跑來很困擾，不過既然這麼晚來訪，應該是有重要的事情要說。雷谷魯斯開門的時候是這麼想的。

「所以是什麼事？」

「是關於光宣的事。」

「他怎麼了？沒什麼特別可疑的舉動吧？」

「是嗎？」

看來雷蒙德無法接受雷谷魯斯的說法。

「光宣很奇怪。」

「哪裡奇怪？」

雷蒙德停頓片刻。這段時間不是在猶豫，是重新思考該怎麼說明。

「……不知為何，我們的心電感應在越過國境之後就不通了。」

「所以？」

「不過只要心電感應接通，我們就會共享相同的意志。即使是出身不同的寄生物肯定也適用這一點。」

雷蒙德與雷谷魯斯是在本月進行的微型黑洞實驗成為寄生物。

另一方面，光宣是二〇九五年十一月進行實驗時迷途闖入這個世界的寄生物更換宿主而成。

不過，即使成為寄生物的原委不同，他們也是同種類的生物。光宣與雷蒙德他們都以直覺，不，以實際的感覺認知這件事。

而且追根究柢，和光宣同化的寄生物來自USNA達拉斯的同一座實驗設施。雷蒙德說彼此出身不同，這個指摘嚴格來說不正確。

「雷蒙德，你想表達什麼？」

「光宣為什麼和我們意見不合？」

對於雷谷魯斯的問題，雷蒙德以反問回應。

「……司波達也那件事嗎？」

「沒錯。我們的意志肯定統一為要排除達也。那光宣為什麼不贊成殺掉達也？」

「並沒有反對排除司波達也吧？只是光宣有其他應該優先完成的事情罷了。」

「這不是很奇怪嗎？我們現在最優先要做的就是埋葬達也，明明已經這麼決議了……」

「這場討論是在美國進行的吧？雷蒙德，你剛剛才說我們的心電感應無法跨越國境。」

被點出話語中的矛盾，雷蒙德說不出話。

「我們受到純粹意念與強烈願望的吸引，和人類合為一體。我們的堅定意志引來寄生物。」

雷谷魯斯這段話顯示寄生物的雙重性質。和人類合體前的寄生物視角，被寄生物侵蝕前的人類視角，兩者同時存在於化為寄生物的前人類內心。

「光宣心中最強烈的意志，應該是想拯救心愛女性的情感吧。既然這樣，他以此為第一優先也不奇怪。」

上午對談的時候，雷谷魯斯與雷蒙德得知光宣想讓水波成為寄生物的原因——光宣即使講明到這種程度，依然沒將水波的名字告訴兩人。

「我不能認同！我們第一優先的目標非得是達也才行！」

「就算你這麼說……」

雷谷魯斯受到雷蒙德的影響，認為一定要抹殺達也才行。但這也是因為雷谷魯斯自己懷抱著「威脅祖國的戰略級魔法一定要除掉」的意志。

雷蒙德這邊也是，他原本的想法是「讓達也屈服」，不是「抹殺達也」。這一點受到STARS隊員意念的影響。他們將「質量爆散」認知為必須排除的威脅。

寄生物的意志就像這樣混合在一起。懷抱最強「願望」的個體確實掌握寄生物集團意識的主

導權，卻不代表單一個體的意志統治其他個體。例如光宣加入之後，即使變成由他掌握主導權，也不能忽視雷谷魯斯或雷蒙德的意志。

「……知道了。那麼，今晚『我』和光宣『談談』吧。」

「……你想這麼做就做吧。」

昨晚已經確認「線路」和光宣相通。雷谷魯斯、雷蒙德與光宣是相連的，所以如果雷蒙德和光宣「說話」，雷谷魯斯也不能置身事外。

依照他們的特性，將會由其中一人掌握主導權。雷谷魯斯沒有阻止雷蒙德的理由。

光宣半夜忽然清醒。不是因為生理需求。是心底傳來的喧囂聲吵醒他。

（——光宣／我們，醒了嗎？）

這聲呼叫使得光宣苦笑。

（雷蒙德啊。這個時間有什麼事？）

光宣沒有「雷蒙德／我們」的認知。

（你沒嚇到啊。我以為你是第一次像這樣在集合意識裡說話。）

（是第一次說話沒錯，但不是第一次聽到聲音。）

（不可能。）

從雷蒙德的心電感應感受到困惑，光宣不禁失笑。

（你以為心電感應無法越過國境對吧？）

光宣沒有嘲笑對方的意思。不過和真正開口的對話不同，他的語氣沒有一絲客氣，造成雷蒙德以為光宣瞧不起他——共享意志的寄生物，原本不可能發生誤解對方意圖的狀況。

（這個想法是錯的。心電感應越過國境也傳達到。證據就是我也能干涉你們想要合而為一的意志。只是因為越過國境之後，意識無法將心電感應理解為有意義的話語罷了。不過人類的心電感應就不會發生這種現象。我們寄生物的能力有各種無法理解的限制。）

（我不知道這種事……）

（大概是人類原本的意識透過寄生物主體傳達的過程中，沒能順利「翻譯」吧。）

傳來沉默的不只是雷蒙德，雷谷魯斯也在混合的意識中語塞。

（現在這種事不重要。既然像這樣以深層意識接觸，應該是有某些事要統一意志吧？）

（為什麼連這個都知道……現在在這個國家活動的同胞不是只有光宣／我們嗎？）

（還有一個喔。雖然現在完全被封印，但偶爾會被當成實驗白老鼠哀號。我想去救他，不過有強力的結界，我沒辦法出手。）

光宣說的是封印在四葉家的寄生物。四葉家以精神干涉系魔法進行的封印，即使是化為寄生物的光宣實力也無法破解。不只如此，甚至不知道囚禁的位置。

再度傳來語塞的氣息。

看來他們非常小看我。光宣心想。

（不，並不是在瞧不起光宣／我們。這部分請不要誤會。）

這個想法藏不住，所以急忙傳來辯解。這句話來自雷谷魯斯，卻也包括雷蒙德的「聲音」。

（知道了。所以呢？）

光宣再度詢問用意。其實雷蒙德的想法已經傳達給光宣，不過現在是使用對話的形態，所以光宣想讓當事人「親口」說。

（我們擁有個別的身體，不過都是單一的生物。我們的意志非得統一才行。）

光宣沒同意也沒否定。

光宣明白「雷蒙德他們」就是這種生物。

但是光宣拒絕變成這樣。

如果沒能維持自我，就無法讓她成為寄生物。如果不能用來治療她，自己變成寄生物就沒有意義。

光宣沒要否定雷蒙德他們的存在方式。只是不想讓自己納入他所說的「我們」。

（我們打算抹殺司波達也。就讓光宣／我們的意志也合而為一吧！）

一股意念隨著這個意志迎面而來。

不只是雷蒙德與雷谷魯斯兩人的意念。他們好像沒察覺，不過即使現在無法聯絡，他們的精神也和ＵＳＮＡ的同胞相連。在STARS總部基地依然持續增殖中的寄生物，整體渾然合一的意念捲向光宣要吞沒他。

光宣對抗這股意念。對抗時，本應合而為一的各種意念竄入光宣的「耳」。數十，數百的呢喃掠過他的意識。

其中最多的是想排除達也的意志。

雷蒙德等人的背後是STARS隊員，他們剛知道戰略級魔法師司波達也的威脅，會變成這樣或許也是理所當然。

面對要吞沒自己的意念巨浪，光宣不是以魔法技術對抗，而是以自己內心最強烈的「願望」正面對峙。

他不是想要水波。光宣內心沒有想將水波占為己有的慾望。他只是許願想拯救和自己相同境遇的女孩，拋棄人類的身分。正因為是為了自己以外的某人，才得以克服侵蝕自己的誘惑。

人格是後天形成的。對於精神核心的慾望與衝動，要如何克制？如何活用？要禁止哪些？允許哪些？在自己和社會的交集之中，順從或違抗和自己有所交流的人們，藉以逐漸塑造出自己的人格。

拋棄這種封鎖自己的框架，任憑己身慾望的驅使，成為不同於人類的生物活下去——如果核心存在著私慾，肯定無法忍受這個誘惑。正因不是「為了自己」而是「為了自己以外的某人」，光宣才得以維持「自我」。

這是永恆的戰鬥。

這是剎那的戰鬥。

在精神的世界裡，時間沒有長度。時間的構造不是連續的線，是跳躍的點。只有「永恆的時間」或「剎那的時間」這種情報。

在這場剎那又永恆的戰鬥盡頭——直到最後依然站著的是光宣。

（雷蒙德，你會幫我吧？先帶她過來。達也的事情之後再說。）

（——我／我們遵從「光宣」的意志。）

光宣直到最後都維持自我。

但他也不是毫無變化。

人類也是，同樣內容的事情持續聽數十次，數百次之後，就會受到影響。即使一開始否定，也會逐漸產生共鳴。

光宣也並非和人類的這種弱點無緣。即使不再是人類也堅持自我本色的他，同樣繼承了自己原本擁有的優點與缺點。

持續暴露在數十，數百個「排除達也」的呢喃之下……

（達也之後再「處理」掉吧。）

光宣的意識也不知不覺受到引導，並且變質。

〔6〕

關西國際機場發生非法入境騷動，不過日本國內最近大致和平。

光宣和雷蒙德展開的激戰是在精神次元進行，因此一般人無從得知。

反魔法主義者的攻擊性活動處於暫時熄火的狀態。

ＵＳＮＡ沒有嚴正要求引渡希利鄔斯少校，大亞聯盟也沒騷擾西南諸島。尤其是外交面的無風狀態，甚至讓外務省與國防軍暗自發毛。

大亞聯盟安分的原因，在六月二十八日星期五的早晨揭曉。

伴隨一則震撼世界的新聞。

『為各位插播一則新聞。』

在上學前的早餐餐桌，新聞播報員緊張的聲音引得達也與深雪轉身。

達也就這麼拿著筷子，深雪很有教養地放下筷子看向電視。

『今天凌晨，大亞聯盟和新蘇維埃聯邦進入戰爭狀態。』

深雪睜大雙眼。如果她還拿著筷子或許會摔到桌面。

達也終究也放下筷子認真看新聞。

『昨天到今天的深夜時分，大亞聯軍突破興凱湖西側國境，開始南下朝烏蘇里斯克進軍。對此新蘇聯立刻動員駐留在海參崴的遠東軍，兩軍在烏蘇里斯克北方三十公里處爆發衝突，現在仍然持續激戰的樣子。』

深雪以僵硬的動作看向達也。

「哥哥，這下子不得了了……」

達也也從電視移開視線，和深雪四目相視。

「在這麼接近日本的地區發生軍事衝突，難免影響到我國吧。」

達也的聲音也透露不同於平常的緊張感。

電視台的攝影棚內，解說員出現在鏡頭前。

『大亞聯盟的目標應該是奪取沿海地區的南部。從地政學的角度來看，這個地區，尤其是海參崴的意義，對於將高麗自治區納入統治的大亞聯盟來說，等於是抵在喉頭的一把刀。大亞聯盟肯定早就在等待機會除掉這個威脅。』

電視映出一張地圖。播報員看著地圖說聲「原來如此」接受這個說法。

『不過既然目標是海參崴，為什麼刻意選擇從興凱湖南下的路線？從高麗自治區侵略應該比較近吧？』

『大亞聯盟從橫濱事變持續和我國交戰，因而大量耗損海軍戰力，還沒從這個打擊回復。如果想從南方攻打海參崴，和海軍的合作是不可或缺的，所以才被迫放棄從高麗自治區進攻的路線吧。』

「應該是這樣沒錯。」

達也附和解說員的說明。

『大亞聯盟為什麼在這個時期執行侵略作戰？』

『正式的準備應該是從一年多前就開始。二〇九五年十一月締結的日俄談和條約，內容相當有利於日本。大亞聯盟中央政府需要對外的戰果回復威信。不過決定性的關鍵應該是這幾天開始出現在軍事相關人士之間的傳聞。』

『傳聞……嗎？』

新聞播報員問完，解說員一副不太願意的樣子，卻還是公布這個傳聞的內容。

『新蘇聯的國家公認戰略級魔法師貝佐布拉佐夫博士據說已經死亡，或是陷入不省人事的狀態。』

「這我就不知道了。」

大概是達也插話的時間點很有趣，面色凝重的深雪輕聲一笑。

『加入素質考量的話，兩國軍力是新蘇聯取勝，單純看數量的話是大亞聯盟占上風。此外，新蘇聯的兵力廣為分散在東亞、中亞與東歐，而且主力是部署在東亞兵力北方的西伯利亞軍。既然新蘇聯的戰略級魔法師沒作用，就有十足的勝算……大亞聯盟應該是這麼計算過吧。』

『您說貝佐布拉佐夫博士處於無法成為戰力的狀態，請問這個情報的可信度有多少？』

『應該不能說毫無根據。推定是新蘇聯戰略魔法的魔法徵兆出現在東京八王子上空，是剛好一週前發生的事件，不過在那不久之前，貝佐布拉佐夫博士就音訊全無。』

『本月上旬襲擊伊豆的大規模魔法，據說也是來自新蘇聯……』

『是的。這些偷襲可能是軍方獨斷進行。我認為貝佐布拉佐夫博士很可能被追究責任。』

『以狄俄涅計畫向世界提出和平訴求的貝佐布拉佐夫博士，卻是伊豆半島偷襲攻擊的當事人是嗎……』

『您預測今後大亞聯盟會如何行動？』

至今沒發言的助手有點慌張地插嘴。或許是導播指示「盡量避免提到狄俄涅計畫」。

『這個嘛……』

解說員也配合助理改變話題方向。

『大亞聯軍肯定想在西伯利亞部隊參戰之前做個了結。換句話說應該會速戰速決。』

『那麼，您認為新蘇聯想打成持久戰，直到援軍調派完成嗎？』

此時新聞播報員回來加入對話。他沒重提貝佐布拉佐夫的話題。

『我是這麼認為的。』

『大亞聯盟這邊會使用戰略級魔法嗎？』

『前幾天正式亮相……不對，應該說曝光的劉麗蕾少尉，很可能投入這場戰鬥。』

後來也繼續討論細節，但已經是差不多得出門的時間了，否則上學會遲到。

雖說會遲到，不過必須擔心這件事的只有深雪。達也送深雪到學校之後就可以自由行動。

「哥哥，今天有什麼計畫？」

深雪在電動車廂裡詢問達也。

「如果風間中校沒叫我過去，我打算去ＦＬＴ。」

「不去莉娜那裡嗎？」

「有事情要做了。」

肯定是關於大亞聯盟與新蘇聯軍事衝突的事情吧。深雪這麼認為，卻沒有繼續問清楚。

◇◇◇

達也猜中了。

『大黑特尉。最近連續發生有損彼此信賴關係的事件，本官感到遺憾。不過如貴官所知，現在發生了緊急事態，方便立刻來基地嗎？』

「收到。」

對於風間就某方面來說過於自私的這個邀請，回到自家的達也二話不說就答應。

槓上國防軍完全沒好處。而且現在不是無意義賭氣的時候。

『抱歉。』

不知道是否明白達也的這種心情，風間簡短說完低頭致意。

◇　◇　◇

遠東發生軍事衝突的新聞，光宣也和達也在同一時間收看。光宣才在昨晚的激戰獲勝，卻沒有偷懶貪睡——此外，雷蒙德與雷谷魯斯都還沒起床。明顯可見寄生物基於性質沒有時差問題。

「雖然應該不能思考這種事……」

但這或許會成為大好機會。光宣這麼想。

（要是軍事衝突拖長，十師族也變得非得注意日本海那邊。即使短期內決勝負，勝利的那邊順勢沿著日本海南下的話，十師族就不得不應付，沒餘力管我……）

如果電視上的解說員是對的，那麼達也反擊並重創貝佐布拉佐夫，就是這場戰爭的導火線。

（達也應該會感覺諷刺，不過這也是因果報應吧。）

貝佐布拉佐夫的攻擊導致水波受傷，打倒貝佐布拉佐夫的影響不斷連鎖，使得達也沒有餘力保護水波。

要是一切正如光宣的想法，那麼對於達也來說，這確實是諷刺的因果循環。

◇◇◇

達也取消造訪巳燒島與FLT的行程，前往獨立魔裝大隊總部所在的霞浦基地。

這件事當然已經向真夜報告。時間上剛好有空可以直接報告，真夜也很積極要修復和國防軍的關係。看來國防軍能部署許多兵力的人數動員能力還是難以割捨。

「特尉，歡迎過來。」

達也敬禮回應風間的歡迎。

表情微微改變的是副官藤林。風間中校一臉理所當然般向達也回禮。

「今天找貴官過來不為別的，是想問關於貝佐布拉佐夫的事。」

伊豆別墅遭受攻擊時，達也除掉的對象不是貝佐布拉佐夫，這件事已經告訴風間。不過第一高中成為目標之後的結果沒告知軍方。達也已經向本家報告，所以要是四葉家有提供情報給國防軍，達也就沒什麼能重新說明的事，不過看來並非如此。

「在下沒有直接攻擊貝佐布拉佐夫。不過，在下分解了當時運作中的大型ＣＡＤ，所以可能因此受到某些傷害。」

「之前說明的列車型ＣＡＤ嗎？」

「是的。」

「術士和運作中的ＣＡＤ連接時，要是ＣＡＤ被破壞，術士的精神會經由魔法演算領域受到重創。也就是說貴官破壞ＣＡＤ的時候，貝佐布拉佐夫正在和ＣＡＤ連接嗎？」

「在那之後就沒受到水霧炸彈的攻擊，所以在下認為可能性很高。」

「嗯……」

風間像是咀嚼新獲得的情報般深思。

「……貴官認為貝佐布拉佐夫死亡的可能性是多少？」

「不到百分之一吧。」

「也就是零嗎？」

「可以這麼說。」

達也回答之後，簡短補充一句「但是無關那個事件發生意外喪命的可能性不是零」。

「那麼，他復出的時期呢？大亞聯盟這次的侵略，你認為貝佐布拉佐夫來不及參戰嗎？」

「如果新蘇聯軍高層認為徹底壓榨貝佐布拉佐夫也無妨，今天就可以投入戰局吧。但若希望他立下足夠的戰果，應該不可能立刻上陣。」

「具體來說，你認為大概要多久？」

「比照過去的例子，強制切斷ＣＡＤ連結造成的傷害，需要十到二十天的期間回復。」

今天是星期五。

第一高中差點遭到水霧炸彈攻擊是上星期三的事。

「所以快的話要兩天，慢的話要兩週嗎？」

「會是這樣沒錯。」

「……知道了。」

「中校，在下也想說一件事。」

風間點點頭，接著輪到達也開口。

「說來聽聽吧。」

「您或許已經知道，這個國家再度遭受寄生物的威脅。」

「如果是九島家的事，本官已經知道了。」

「ＵＳＮＡ也出現新的寄生物。」

「什麼……？」

看來國防軍還沒掌握這個消息，或者是情報還沒下放到風間這裡。

無論原因為何，達也都沒要保密的意思。

「上週在STARS的總部基地，化為寄生物的隊員發動叛變，現在STARS總部實質上已經被寄生物占據。」

「……這是從希利鄔斯少校那裡問到的情報嗎？」

「不，是九島閣下的遠親——安潔莉娜・庫都・希爾茲小姐告知的事實。」

即使在這裡，達也也以言外之意主張自己藏匿的不是「希利鄔斯少校」。

「——這樣啊。」

看來風間也沒要重提這件事。

「而且看來至少已經有兩具寄生物潛入日本。」

「什麼？」

風間的表情不只驚訝，還帶點慌張。

「駐守關西機場的警察，好像發現了使用心電感應的非法入境犯。對方是搭洛杉磯直達班機來日本的乘客，從時期來看，其中一人很可能是化為寄生物的STARS。」

「……本官問佐伯閣下看看吧。」

「在下認為最好這麼做。」

阪神地區的警察肯定也沒要把情報留在自己手邊。很難想像他們沒回報中央就將情報洩漏給十師族。

警方是否會將情報交給軍方就很難說。警方或許會發揮地盤意識不願意請求國防軍協助。不過即使如此，佐伯也很可能從私人管道取得詳細情報。

「所以貴官說的『其中一人』是什麼意思？」

「雙人組的另一人是雷蒙德．克拉克。」

「……真的嗎？」

「已經檢視過警方拍攝的照片，幾乎可以確定。」

「特尉。」

至今在風間斜後方待命的藤林像是忍不住般插嘴。

「你說的雷蒙德．克拉克，是那個艾德華．克拉克的……？」

「是的。『狄俄涅計畫』的發起人艾德華．克拉克的兒子。」

達也暫時停頓，像是回想起來般補充。

「利用梯隊系統Ⅲ後門的情報收集系統『至高王座』是由『七賢人』運用，雷蒙德．克拉克就是其中一人，他同時也是揭露托拉斯．西爾弗真面目的主謀。」

「……等一下，特尉，情報多到我腦袋快出問題了。」

「不過接下來才是重點。」

達也無情拒絕藤林「讓我休息一下」的哀求。

「說來聽聽。」

「那麼，我以四葉家司波達也的身分，請求國防軍獨立魔裝大隊協助。」

風間雙眼射出強烈光芒，藤林將差點鬆懈的姿勢擺正。

「非法入境的寄生物，推測很可能和同樣化為寄生物的九島光宣聯手。」

聽到光宣的名字，藤林臉上失去血色。不過光宣化為吸血鬼的消息，藤林也肯定透過九島家得知，達也認為這時候不需要顧慮藤林的心情。

「此外，假設STARS在日本進行非法活動，想必不會只派『一人』過來。」

達也在這裡計算人數的時候排除雷蒙德。

並不是小看雷蒙德。既然化為寄生物，達也預測他已經獲得無法小覷的實力。

他只是推測STARS應該沒將雷蒙德算進去。

「肯定有增援。而且不久就會到。」

「應該吧。」

達也的推測符合邏輯，風間也沒反駁。

「九島光宣的目標是敝家的幫傭櫻井水波。」

達也此時將話題焦點從STARS轉移到光宣。

「九島光宣要是和STARS組成共同戰線，憑四葉家的實力可能也無法徹底保護櫻井水波。」

「要這邊出借護衛兵力嗎？」

「不。如果STARS以橫須賀或座間這樣的共同利用基地嘗試入侵，可以請中校阻止嗎？」

四葉家平常監視首都圈的民用機場與空軍基地，卻只能從外部監視國防軍的基地。雖然不是無法潛入內部，不過以當下的情勢來說過於費時費力。

與其這麼做，還不如請國防軍監視國防軍基地比較合理，而且也省時省力。到頭來，阻止企圖進行非法活動的部隊入侵，本來就是國防軍該做的工作——即使對方是同盟國的部隊。

「——知道了。這邊會試著透過旅長閣下接洽軍令部。」

風間沒向達也提出交換條件，因為他也知道這是國防軍的工作。

「話說特尉，貴官對於這次的紛爭有什麼看法？」

「您是問勝敗的趨勢嗎？」

「沒錯。」

「新蘇聯會贏吧。」

達也想都沒想就立刻回答。他來到基地之前有充足的時間思考。

「說根據來聽聽吧。」

「大亞聯盟的侵略，是基於貝佐布拉佐夫不在崗位的不確定情報。這個前提條件是錯的，所以在貝佐布拉佐夫加入戰局的瞬間，大亞聯軍的士氣就會瓦解吧。」

具體來說是「水霧炸彈」發動的瞬間。

即使沒實際說出來，也已經傳達給風間。

「嗯……你認為不可能在貝佐布拉佐夫復出之前決勝負嗎？」

「在遠東布陣的新蘇聯軍與大亞聯軍沒有決定性的兵力差距。即使大亞聯盟投入『霹靂塔』也很難在短時間內勝利吧。」

「霹靂塔」是大亞聯盟的國家公認戰略級魔法師使用的大規模魔法。發明這個魔法的劉雲德在「灼熱萬聖節」（達也以「質量爆散」摧毀朝鮮半島南部的事件）戰死，不過他的孫女劉麗蕾繼承「霹靂塔」成為新的國家公認戰略級魔法師。

「如果勝利的新蘇聯軍企圖侵略日本……」

風間說到這裡，正面注視達也的雙眼。

「國防軍可以依賴貴官的力量嗎？」

「沒問題，可以依賴。」

達也在這時候的回答也沒有猶豫。

牽制他國冒險性的軍事行動，是獲得東道青波助力的代價。即使風間——一〇一旅沒委託，達也也打算採取「必要措施」。

不過老實說，達也沒必要這麼做。這時候讓風間認為欠下一次「人情」才是上策。

◇ ◇ ◇

大亞聯盟侵略新蘇維埃領土的事件爆發隔天。

遠東的新蘇聯沿海地區正在進行一場攻防拉鋸戰。

這場紛爭引起全世界的注目，不過其中的日本堪稱和戰場相鄰，抱持高度關心與警戒觀察戰況的推移。

第三次世界大戰當時的核武禁令至今依然有效。

國際魔法協會只會在即將動用「髒彈」的時候介入，不過以此為標準的環污生物兵器或化學兵器、會產生有害殘留物質的強力炸彈、會在大氣散播有害物質的熱壓彈也列為「自主管制」項目。因此現代戰爭主要使用傳統子彈、以碎片殺傷敵人的炸彈，還有高價的「環保」強力炸彈。「有錢」的軍隊會加入電磁波武器或雷射武器。

這邊真正要表達的意思是，由於舊型兵器依然占有主流地位，因此要是正常的軍隊起衝突就容易演變為長期戰。此外這裡說的「正常」指的是「後勤確實運作」。

想在短時間內打倒敵人，必須使用對方沒有的武器。

大亞聯盟的勝算來自「霹靂塔」。這是戰略級魔法。大亞聯盟預測新蘇聯的戰略級魔法師無法出動，因而挑起這次的戰端。這部分正如全球軍事專家的推測。

然而光是一天無法分出勝負。大亞聯盟從第一天就投入戰略級魔法師劉麗蕾，有她加入的戰場維持優勢進行戰鬥。不過「霹靂塔」不是能涵蓋整個戰場的魔法。即使是這種魔法，在敵我雙方短兵相接的陸戰也很難找到地方使用。

戰略級魔法沒有世人想像的那麼方便。

今天是星期六。不同於把空閒和創造性混淆的某段時期，週休二日的學校只有標榜藝術專業教育的部分國高中。

魔法科高中當然要上課。達也今天早上也送深雪到學校。水波正在住院，目前四葉家沒有派人代替她的計畫。達也已經不是「守護者」，不過她和深雪一起到校是兼任護衛的工作。

但是達也不覺得在第一高中校內需要陪在深雪身旁。到頭來，如果只是保護深雪，物理距離不必維持這麼近。部分原因在於先前提防貝佐布拉佐夫的攻擊時成功進行有效的反擊。每天早上的陪同主要也是達也個性上想這麼做。

姑且穿著制服送深雪進入校舍之後，達也立刻回到自家換上更輕便的服裝，駕駛飛行車直接前往巳燒島。首要目的是研究魔法，另一方面也因為一直沒看著莉娜令他不安。

正如預料，莉娜早早就開始無聊。

「……達也，你在做什麼？」

「創造魔法。」

明明沒事（指的是達也與莉娜雙方），但她跑來找正在做研究的達也。

「只用電腦？」

「需要這麼驚訝嗎？妳那位製作『布里歐奈克』的技師也做得到類似的事吧？」

「布里歐奈克」是ＦＡＥ理論當成技術進入實用階段，使得戰略級魔法「重金屬爆散」也能用在局地戰或對人戰鬥的魔法兵器。

ＦＡＥ——Free After Execution理論，日文名稱是「後發事象可變理論」，主要內容是「以魔法改寫而成的事象，原本是這個世界不應有的事象，因此在改寫後的極短時間內受到的物理法則束縛較為寬鬆，後續的事象改寫也會比較容易」。

達也的「重子槍」也用到這個理論，但「重子槍」是參考「布里歐奈克」製作的。「布里歐奈克」的研發者是達也在心中舉白旗，強烈希望將來能見面的對象。

「艾比確實也是只坐在自己的桌子前面進行魔法改造……」

研發布里歐奈克的技師叫做「艾比」嗎——達也悄悄在內心筆記本寫下這個名字。

「不過，發明新魔法的時候，途中會反覆做實驗啊？」

這名技師好像至今也在研發新魔法——達也在內心筆記本追加這一條。

「我前幾天有機會看見『水霧炸彈』，所以思考能不能應用在我們也能用的其他魔法。『水霧炸彈』太複雜，沒辦法輕易使用。」

達也這番話的意思是「需要大規模裝置所以沒辦法輕易使用」，但莉娜解釋為「要求的魔法力太高所以沒辦法輕易使用」。

這麼解釋也沒錯。

「……咦？等一下，你想創造的魔法難道是戰略級魔法？」

莉娜停頓片刻（也可以說慢半拍）才以高八度的聲音問。

「分類上是這樣沒錯。」

達也大概也習慣了，沒有失笑。

「我傻眼了。」

莉娜沒抓對重音位置說完，裝模作樣聳了聳肩。

「記得叫做『Great Bomb』……不，『質量爆散』嗎？明明擁有那種強得亂七八糟的魔法，卻想獲得新的戰略級魔法？你想當魔王嗎？」

「原來妳是電玩迷啊。」

「用……用不著打電玩，『魔王』這玩意兒大家當然知道吧！」

莉娜正如要求變得氣沖沖的，達也內心痛快了些。把他當成魔王的人愈來愈多，達也對此有點不耐煩。

「我不打算自己使用這個魔法。」

「咦，是嗎？」

「莉娜，妳說得沒錯。戰略級魔法擁有一個就夠了。那種東西因為用途極為受限所以平常沒用，卻只因為擁有就附帶一大堆枷鎖。」

「我懂。」

莉娜無視於前後文，大為同意達也的說法。

「這個完成之後，會給別的魔法師使用。」

達也以一本正經的表情隱藏苦笑說下去。

「說到哪個傢伙或許能使用，我內心有人選。只要那傢伙願意站出來成為新的『使徒』，煩人的枷鎖應該會少一些吧。」

「是啊。」

莉娜只在意「枷鎖」，沒注意到真正的重點。

話中提到日本將誕生新的國家公認戰略級魔法師，大幅撼動全球的軍事平衡。

◇◇◇

達也只在上午待在巳燒島。

不是因為新魔法完成。達也不認為自己一兩天就能創造新魔法，他沒這麼高估自己的能力。而且比起新的戰略級魔法，當前他更需要另一個魔法。

「幹比古，今天也拜託了。」

「這對我也是很好的修行喔。」

星期六下午，放學後的演習樹林。

達也找幹比古擔任修行搭檔，著手完成八雲啟發他的「封玉」。

從肉體趕出寄生物之後，以想子將其壓縮封鎖的魔法。

封鎖完成的「封玉」必須進行更進一步的處理，例如使用某種咒具吸收之類的手段從物質層面封印保管，或是從精神層面進行分解焚燬。不過一旦成功封鎖，達也的職責就結束了，可以交棒給別的專家。

修行的內容以言語形容的話很單純。

幹比古叫出精靈，注入靈力，刻意打造出精靈失控的狀態。

達也以無系統魔法拘束精靈，連同想子壓縮成穩定的凍結狀態。

不只是以想子殼完全包覆情報體，還混入想子一起定型。

就像是在核廢料加入碎玻璃固化的做法吧。

固化的物體需要另外準備容器（封印物），而且需要經過其他處理才會徹底無害。不過總之可以先阻止寄生物飛到別處侵蝕其他人類。

「現在這樣感覺不錯吧？」

「是嗎？」

星期四才開始練習，距離完成還差得遠。不過達也確實慢慢掌握訣竅。

即使得到幹比古的稱讚，達也也感覺不到什麼顯著的成效。不過這是因為完成形的想像圖過於鮮明，比起造訪八雲那時候，達也明顯進步許多。

「是的。達也，抱持自信吧。」

「……也對。質疑也沒意義。幹比古，麻煩再一次。」

「再幾次都沒問題。」

幹比古點了點頭，眉頭都不皺一下。

達也一邊感謝好友的協助，一邊在體內煉製想子施放「封玉」。

〔7〕

星期日上午，藤林為了「那件事」聯絡達也。

『特尉，美軍通告一架夏威夷起飛的貨機將在明晚抵達座間基地。這是基於共同利用協定的正式通告。』

「這麼一來，檯面上就不能鬧事了。」

『也可以說正如這邊的預測。』

如藤林所說，STARS利用協定派增援過來的做法符合達也他們的推測。不過像這樣光明正大使用正規制度，可見寄生物的勢力已伸入USNA軍內部。藤林臉色不佳肯定是在擔心這一點。

「那就依照先前所說，麻煩監視。」

『特尉……不，達也，你真的打算獨自進去？』

「進基地的只有我一人，但是戰力不是只有我一人喔。因為寄生物對策還沒完成。」

『是四葉家的人？還是學校的朋友……？』

「家裡的人專注處理光宣那邊的問題。」

達也沒有明確回答，不過換句話說就是要依賴第一高中的朋友。他也不願意這麼做，不過既然「封玉」尚未完成，就需要能夠封印寄生物的人材。

但是藤林沒有開口制止。

雖然達也沒這個意圖，不過聽到他說「這是為了抓光宣」，藤林也說不了什麼。

『……什麼時候要進行作戰？』

「應該是愈快愈好，所以明晚一抵達就進行。」

『這樣啊……達也，小心點。這邊會請柳少校也一起監視，必要的時候通知我。』

「知道了。必要的時候就容我依賴妳吧。」

達也說完簡單行禮致意。

不過，畫面另一邊的藤林早就知道了。

知道達也絕對不會依賴他們。

『嗯。不過我會祈禱別演變成需要這麼做的事態。』

藤林沒有聽天由命的意思。既然讓部隊出動，自己也要以大隊副官的身分發揮智慧讓成功變得確實。

即使如此，藤林依然忍不住這麼說。

和藤林結束通話之後，達也轉過身來。

不用看就知道深雪掛著擔心的表情在他身後待命。

「哥哥……明天我要怎麼做？」

半年前的深雪應該不會問「該怎麼做？」而是主張「我也要去」吧。但現在的她承認自己可能成為達也弱點的事實。她從以前就有這個自覺，但現在已經可以全盤接受。

「陪在水波身旁吧。」

達也已經做好判斷。不會帶深雪去和STARS交戰。

達也不認為深雪的能力不如STARS。即使面對STARS的精銳，他也確信深雪不會屈居下風。

但是希望深雪不要主動犯險。這是達也的真心話。

如果遭受攻擊，反擊是在所難免。

受到牽連也是沒辦法的事。

以這次的例子來說，在水波即將被光宣抓走的場面，要深雪別出手也是強人所難吧。這部分達也已經放棄。

但達也這次是去「驅除」化為寄生物的STARS，深雪沒必要參與。

「現在沒能掌握光宣的動向。在我忙於其他戰鬥的時候，希望妳嚴加戒備。」

「……知道了。」

達也這番話不是謊言。

但也不完全是真心話。

深雪也理解達也不想害她遭遇危險。

「一切依照哥哥的吩咐。」

深雪基於這份理解，保證會遵從達也的指示。

◇ ◇ ◇

光宣將雷谷魯斯與雷蒙德留在神戶的藏身處，獨自來到奈良。

奈良也留著周公瑾建立的人際網路。去年秋天正是光宣自己和達也聯手揭露其中一部分，不過周公瑾的手也伸進和魔法無緣的「普通人」之間。

光宣現在位於這種「和魔法無緣的普通市民」持有的民家。

「真是恐怖的對手……」

光宣忍不住輕聲自言自語。

周公瑾這個敵人比以前自己想像的更為棘手。但現在多虧有他，光宣行動時不會綁手綁腳。

雖然這麼說，能安全行動的範圍只到這裡。接下來必須闖入嚴陣以待的九島家。

他的目的地是「第九種魔法開發研究所」。前第九研，「九」之魔法師的大本營。

光宣要從那裡奪取封印的寄生人偶。

面對七草家與十文字家同盟，尤其和克人交戰之後，光宣徹底感受到單槍匹馬的極限。先前救出雷谷魯斯與雷蒙德是別有居心想獲得協助，但光是那兩人還不夠。而且他們有自己的工作。光宣需要其他能成為左右手效力的「工具」。

和周公瑾有交情的關西古式魔法師不可靠。他們一直和第九研對立至今。而且光宣的軀殼是「九」的魔法師之一——九島家直系。不同於藏身處，即使擁有周公瑾的知識，光宣也不認為他們願意站在自己這邊。

此時光宣想到的點子，是將寄生人偶收為部下。

寄生人偶現在中止研發，但是以性能來說已經完成，只是基於道德上的原因凍結實用化的計畫。最重要的是從名稱就知道，寄生人偶的核心是寄生物。光宣認為自己肯定比人類魔法師使喚得更為得心應手。

在運用實驗破損的寄生人偶修復之後，封印在前第九研的倉庫。如果能潛入倉庫重新啟動寄生人偶，以「她們」自己的戰鬥力肯定不難逃離。

不過，前第九研納入九島家管轄。這一點即使九島家脫離十師族也沒變。

就算沒料到光宣覬覦寄生人偶，前第九研也會由九島家嚴加戒備吧。

或許他的爺爺九島烈就等在那裡。

不入虎穴焉得虎子。

光宣認為前第九研正是「虎穴」。

◇◇◇

關西機場發現的非法入境犯，四葉家當家四葉真夜交由四葉分家之一的黑羽家負責調查。

黑羽家當家黑羽貢有一對優秀的雙胞胎子女。

姊姊黑羽亞夜子，弟弟黑羽文彌。

兩人是魔法大學附設第四高中二年級學生，平日會到學校上課。

達也得知搜索任務交給黑羽家時，心想「比起學業，黑羽家可能會以任務為優先」。

不過在這個時間點，達也的推測還不算正確。

貢沒有不惜讓他們向學校請假也要派自己的孩子們到阪神地區。

六月三十日，星期日。

亞夜子與文彌這對雙胞胎姊弟來到關西國際機場。

「沒什麼參考價值耶。」

「照片看不出來的非法入境犯特徵以及追丟時的狀況，光是問到這些就幫大忙了。」

亞夜子絲毫不感謝特地撥空的警官，文彌以這段反駁委婉勸誡姊姊。

她們剛才和最初發現雷谷魯斯與雷蒙德的空澤巡查共進午餐，用餐時追根究柢詢問發現時的狀況。

順帶一提，邀約吃飯的時候，空澤巡查正在值勤。

「話說回來，沒想到姊姊認識當事人的巡查先生。」

「空澤先生是第一發現者只是巧合。」

之所以成功讓空澤巡查暫離崗位，是因為亞夜子和他是熟識（？）的朋友。

亞夜子在三年前念國二的暑假，離開文彌在神戶待了一個月左右。當時她參加只收同年代少女的宿舍制禮儀學校。

當然是工作相關的潛入搜查。

某個無國籍犯罪集團企圖洗腦上流階級的子女培養為特務，亞夜子潛入學校的目的就是揭發這個陰謀，她也順利完成這項任務，當時和還是第二高中學生的空澤巡查好像發生過一些事。

此外這一餐由黑羽家買單。現在已經放走巡查，兩人在享受餐後的午茶時光。

「不過到最後沒能成為線索吧？」

「並不是完全沒線索喔。」

亞夜子露出「哎呀？」的表情，以視線要求文彌說明。

「非法入境的兩人在有人計程車招呼站突然消失。和追捕的人影擁有相同外貌的人消失了。當時監視器錄到兩人不是搭計程車而是搭自用車離開，但是這兩人的外型和空澤巡查目擊的不一樣。至於開走的車子，安裝在機場外面的街道監視器也沒拍到相同特徵的車輛。」

文彌說到這裡停頓，看向亞夜子。

「是不是很像『那個魔法』發動時的狀況？」

「……九島家的『扮裝行列』是吧。」

「沒錯。而且說到九島家可能和寄生物合作的人物……」

「就是先前成為寄生物，挑戰我們四葉家的九島光宣。只會是他。」

亞夜子接續文彌這番話如此斷定。

「推測是STARS的非法入境犯，目前由九島光宣藏匿。」

亞夜子點頭同意文彌的斷定。

非法入境的STARS隊員正由九島光宣藏匿。文彌與亞夜子分別向父親與本家報告這個假設。結果是父親要兩人中斷搜索返家，本家則是由真夜指示兩人去前第九研傳達掌握到的情報。不用說，當然以真夜的指示為優先。

「……話說回來，為什麼不是去九島家，而是前第九研？」

在開往研究所的車上，文彌下意識出聲提出疑問。這輛車不是計程車，是黑羽家進行作戰時使用的車。文彌與亞夜子為了通學方便而搬出黑羽家，住在濱松市內的公寓。今天不是從那裡搭電車到關西機場，而是搭乘家裡派來迎接的車。雖然去程多花了一些時間，不過前第九研位於郊外相當不方便的場所，因此以結果來說算是正確的做法。

「當家大人或許認為該告知的對象不是真言大人，而是閣下。」

文彌這番話比較像是自言自語，但坐在旁邊的亞夜子規矩回應。

此外她說的「真言大人」是九島家當家九島真言，「閣下」是九島家前當家九島烈。不只是十師族，世人視為日本魔法界長老而尊敬的九島烈平常大多被稱為「宗師」，但達也不喜歡這個通稱而叫他「九島閣下」。這個稱呼源自烈曾經是國防軍少將的事實。文彌與亞夜子以前也叫他「宗師」，不過聽達也稱呼「閣下」之後也轉為「閣下」派。

「啊啊，所以將使者的任務交給姊姊嗎？」

亞夜子和九島烈在先前的寄生物事件見過面。正確來說是建立某種共犯關係。與其派遣完全不認識的本家差使，烈或許也會比較爽快願意聽亞夜子說明。

「不是交給我，是交給我們吧？」

嘴裡這麼說的亞夜子沒否定文彌的推測。

或許因為不是搭電車而是自用車，或是午餐吃得比較晚的關係，所以文彌他們抵達前第九研的時候，天色已經開始變暗。現在是一年當中日照最長的時期，但還處於梅雨季節的天空烏雲密布，夕陽光無法穿透。

前第九研——現在的正式名稱是「第九種魔法開發研究所」，所以應該也可以直接簡稱「第九研」，但魔法界人士堅持稱為「前第九研」。九島烈正如預料就在這裡，也立刻接受亞夜子的會面申請。

亞夜子與文彌被帶到會客室。進行簡單問候時，九島烈說出自己在週日依然來到前第九研的原因。

「全家上下都在批判光宣，我待在家裡不太自在……」

在眾多孫子之中，烈最疼光宣。魔法天賦優秀卻因為經常生病而無法發揮實力，烈覺得這樣的光宣很可憐。

或許其他孫子也敏感察覺這一點。

父親真言與真言的妻子，也基於某些理由疏遠光宣。

客觀來看，親兄弟沒對光宣灌溉足夠的親情。在九島家裡，將光宣當成一家人疼愛的或許只有烈。

「時間很晚了。要不要在這裡吃過飯再走？」

談完之後，烈如此邀請文彌與亞夜子。或許是面對和光宣同年的兩人使得寂寞感加劇吧。從烈這番話看不出任何盤算，所以文彌與亞夜子也不忍拒絕。

「隨從的餐點也會派人準備。」

「……謝謝。請容我們兩人陪您用餐吧。」

最後，亞夜子代表兩人接受烈的邀請。

◇　◇　◇

（差不多日落了嗎……）

光宣躲在鄰近前第九研的里山樹蔭，在內心輕聲說。

周圍完全變得陰暗，但如果放晴的話，現在是日落時分。

如果沒有厚厚的雲層，現在是黃昏。

真的是逢魔之刻。大禍時。

人魔相遇之刻。魔之力增強，災禍降臨於人的時分。

光宣以意念傳送暗號，對象是為了本次作戰而調度的戰力。

這些人不是京都或奈良的古式魔法師，是周公瑾安排逃亡來日本的大陸人，光宣只是以術式束縛讓他們暫時服從。由於是沒有自我意識，也就是缺乏意志力的狀態，所以實在無法負責應付達也或克人，但是至少能爭取時間讓寄生物從封印清醒。光宣打著這個主意而使用了從周公瑾知識獲得的傀儡術式。

一名方術士衝向研究所正門。

就這麼以火焰方術自爆。

雖說是自爆，但不是正如字面所述讓身體爆炸，所以不會當場死亡。不過他是將自己的魔法力激發到超過極限，以零距離使用魔法。受到的傷害要是扔著不管就會致命，以此為代價發揮一招破門的威力。

◇　◇　◇

圍坐用餐的烈、亞夜子與文彌三人，這時候剛喝完湯。

所有人同時轉身看向研究所正面方向。只有文彌站起來，但烈與亞夜子都沒責備。

「接近的警報為什麼沒響？」

烈這句低語是「通知可疑人物接近的警報聲為什麼沒響」的意思。

「……結界嗎？」

他沒問到別人的意見就自己得出答案。

隱藏魔法波動的結界，巧妙到連昔日號稱「世界最巧」的烈都沒察覺。

不是完全隔絕，而是讓想子波難以辨識的擾亂力場，覆蓋研究所前方的遼闊範圍與半間研究所。這個事實讓烈在這個階段終於察覺。

「這是大陸西南部方術士擅長的隱蔽結界。」

烈這裡說的「大陸」不是歐洲大陸或亞洲大陸，是和大亞聯盟領土幾乎重疊的地域。「大陸西南部」指的是四川雲南地區。

「閣下！會不會是光宣來了？」

文彌聽到「大陸的結界」就聯想到光宣。

「既然是光宣，他的目標應該是寄生人偶。」

「您說的寄生人偶，是去年在越野障礙賽會場測試的人型兵器嗎？」

「妳知道啊？」

「是的。小女子當時略有接觸。」

亞夜子點頭回應烈的反問。

「這樣啊。就是妳說的那種寄生人偶。」

烈回答亞夜子第一個問題之後，自言自語般補充說「原來當時行動的不只是司波達也啊」。

「寄生人偶封印在北側倉庫。不好意思，可以請你們過去支援嗎？我確認研究所內的狀況之後也會立刻過去。」

「知道了！」

黑羽家的兩人本來沒有非得遵從烈命令的理由。

不過九島光宣也是四葉家的敵人。

如果他為了取得寄生人偶而襲擊研究所，目的肯定是增強戰力，將這種人型兵器當成自己的左右手使用。

四葉家的敵人想張羅戰力，四葉分家基於義務當然要阻止。

「姊姊，走吧！」

「嗯。」

文彌的這個判斷，亞夜子也沒反對。

◇◇◇

即使是增強實力的光宣，前第九研的警備也絕對不是能輕鬆應付的對手。

然而——

（不到真由美小姐她們或十文字先生的程度。）

光宣短時間內就抵達存放封印寄生物的倉庫。

先前他為了成為寄生物而溜進這裡，如今二度前來，門鎖卻沒更換。即使是電子鎖，光宣也認為太粗心了。

（——不，等一下。）

為求謹慎，光宣以「扮裝行列」與「鬼門遁甲」鞏固防守，在距離一步的位置，沒碰觸門鎖使用「電子金蠶」。

「電子金蠶」入侵電子鎖。

緊接著，電子鎖的控制面板劇烈放電。

（……好險。）

剛才的電壓與電流量看起來達到致命等級。即使是光宣，如果貿然碰觸也會暫時陷入無法行動的狀態吧。

（施放魔法的瞬間，會對該魔法毫無防備……是以這個原理逆向操作的陷阱嗎？）

設置這個機關的應該是爺爺九島烈。

不愧是昔日的「世界最巧」。

不過光宣將「電子金蠶」改編成在空中製作電流通道遠距離施放。如果就這麼留下電流通道恐怕會觸電，但通道設定為會在「電子金蠶」通過的同時封閉，大概是這個做法奏效，面板的放電完全沒對光宣造成危害。

光宣再使用「電子金蠶」一次。

面板的電子回路已經燒燬。

電子鎖不是以控制面板傳送的訊號，改為以「電子金蠶」傳送的訊號運作，迎接光宣入內。

進門的同時，光宣的虛像遭受攻擊。

看來和上次不同，倉庫內部也配置警備人力。

而且不是一兩人。五人以上的氣息朝光宣露出獠牙。

（能讓現在的我沒察覺氣息，實力真是了得！但是還不夠！）

光宣還是九島家成員時的意識，使得他捨不得這些迎擊的魔法師。

戰鬥不到一分鐘就結束。

最後共六名魔法師倒在倉庫。

◇　◇　◇

文彌與亞夜子得知場所之後，沒直接前往倉庫。

他們前往停車場。搭來這裡的黑羽家座車。

文彌「直結痛楚」專用的ＣＡＤ還放在車上。

「少主？」

「九島光宣襲擊！你聯絡本家與父親之後在這裡待命！確保退路！」

「知道了。」

在黑羽家黑衣人之中擔任文彌親信的這名青年叫做黑川白羽，名字讓人很想說「到底是黑是白可以講清楚嗎」的他沒進行無意義的問答，遵照文彌的指示開啟通訊機。

文彌從後座置物箱取出塗成黑色的拳套。

他將拳套套在右手。

輕輕握拳，拳套造型的專用ＣＡＤ就會通電。

「姊姊，拜託了。」

「知道了。」

亞夜子看向研究所區域北側。

「那個吧。」

從建築物之間的縫隙看得見那間倉庫。

「為求謹慎，送你到屋頂喔。」

「收到。姊姊不用勉強過來沒關係的。」

「我不會疏於警戒喔。」

亞夜子以笑容回絕文彌的擔心，發動「疑似瞬間移動」。

文彌的身體消失。

下一瞬間，他出現在約八十公尺前方的屋頂。

光宣感應到強力的魔法朝他所在的倉庫施放。

（「疑似瞬間移動」嗎？）

雖然不是直接攻擊用的魔法，不過應該將戰鬥員送來這裡了。

屋頂產生某人的氣息。

但是光宣不以為意，致力於正在實行的魔法。

「——完成了！」

他不禁加重力道自言自語。

緊接著，倉庫天花板開了一個洞。

戰術核武也擋得住的複合材質，被短短數十秒的魔法突破。

使用的魔法是「氧化崩壞」。是光宣也很擅長，強制固體排出電子，剝奪分子間作用力的魔法。雖然比不上光宣自己使用的「氧化崩壞」，但這名魔法師的「氧化崩壞」也相當高超。

「黑羽文彌？」

從那個洞跳下來的嬌小人影，光宣有印象。

去年的九校戰。第四高中在祕碑解碼新人賽勢如破竹的功臣，和他同學年的少年魔法師。

黑羽文彌沒回應光宣的聲音，右手向前伸直。

（拳套？）

文彌拳頭套著塗成黑色的拳套，但他和光宣的距離將近十公尺。光宣不知道文彌想做什麼。

直到那一瞬間之前。

劇痛突然襲擊光宣。

（腹部中招？）

然而不必確認就知道文彌的拳頭明顯伸不到。也不是被空氣彈或「壓力」打中的感覺。

（唔！）

光宣將肉體的控制權從大腦與神經系統切換成精神直接控制，阻斷痛覺神經。

（疼痛沒消失？）

然而腹部依然劇烈「疼痛」。

（這樣下去不妙！）

暴露在不明攻擊的危機意識，使得光宣朝文彌連續發射電解的空氣彈「電漿彈」。

文彌發揮在九校戰也展現過的身手迅速在空中走位，躲開光宣的所有電漿彈，在著地瞬間再度將右手往前伸直。

「嗚！」

光宣發出痛苦的叫聲。他以右手按住右眼。

右眼產生的劇痛令他以為眼睛報廢，但是右手心感受的眼珠手感告知眼睛完全沒受傷。

光宣跪到地上。

（要輸了？）

敗北的預感掠過他的腦海。

（就這麼一事無成？）

在無法實現「願望」的焦躁心情驅使之下，他使用近似自爆的魔法。

直接賦予精神痛楚的文彌魔法「直覺痛楚」對寄生物也有效。

一次沒打倒超乎預料，但是命中兩次之後，光宣跪下了。即使冷靜的第三者看見這一幕，肯定也會認為文彌只差一步就會獲勝。

不過在即將使出第三次「直覺痛楚」的時候，文彌感受到強烈的危機。

不只是直覺。他的魔法知覺捕捉到倉庫內部即將被光宣的魔法完全覆蓋。

（難道是『NOx out』？）

「NOx out」是讓NOx——也就是氮氧化物ＯＵＴ（出現）的魔法。具體來說是讓空氣裡的氧與氮強制化合的吸收系魔法。

生成的化合物避免成為毒性極高的二氧化氮，魔法式設計為主要製作一氧化氮。但是一氧化氮也有毒性，吸入之後數分鐘就失去意識。依照這個特徵，該魔法以「Knock out」的雙關語命名為「NOx out」。

這個魔法對人的效果不只是吸入一氧化氮造成昏迷，由於大量消耗空氣裡的氧，所以也能造成缺氧狀態，是在封閉空間極具威脅的魔法。

光宣指定整間倉庫內部為效果範圍施放魔法。一般當然應該將自己周圍指定為安全區域，但他沒這麼設定。

（他想自殺嗎？）

文彌在內心咒罵，但他其實早就知道了。這是依賴寄生物生命力與治癒力的「蠻幹」戰術。

文彌退到出入口按下開門鍵。對他來說有件事很幸運。九島烈設置的陷阱只影響門外的控制面板，門的系統本身不會造成危害。

馬達毫無問題運轉，門平順開啟。

文彌衝出倉庫之後，保持約二十公尺的距離以防萬一。

一氧化氮侵蝕中樞神經，加上陷入缺氧症狀，使得光宣的身體停止活動。

不過他的精神是寄生物，沒有失去認知外部世界並加以作用的能力。

（妳們去吧！）

光宣命令十六具寄生人偶開始戰鬥。

光宣就在剛才將她們的封印全部解除。她們原本就是修理為隨時可以運作的狀態再凍結。寄生人偶以靈敏的動作從像是棺材的箱子起身，跑向就這麼開著門的出入口。

接著光宣將倉庫裡的氮氧化物回復為氧氣與氮氣。

空氣成為可呼吸的狀態時，治癒能力自動運作。

光宣如今才得知自己是趴倒在地。

他以雙手撐起身體。

「如果我還是人類，應該已經輸了……」

光宣以難受又虛弱的聲音低語。

◇◇◇

亞夜子前進約五十公尺的距離，花了一分鐘以上的時間。

因為敵人接連來襲。

對方都是古式魔法師，而且好像是從大陸渡海前來的「方術士」。

亞夜子的能力不適合直接戰鬥，適用於更寬敞的場所。這種遭遇戰是她最不擅長的狀況。

即使如此，亞夜子還是沒隱藏身形逃走（這是她最拿手的領域）將七名方術士打趴在地。

接連來襲的敵人中斷攻勢，亞夜子喘了口氣。方術士如果只看實力絕對不弱。不擅長直接戰鬥的自己居然能毫髮無傷打倒他們……亞夜子如此心想。

某方面來說，對方的戰法也幫了大忙。這邊一人，對方七人，但他們不是七人同時攻擊，而是一人被打倒之後出現下一人，一點合作默契都沒有。

而且各方術士的攻擊模式也很單調。古式魔法擅長的戰法是欺騙對方五感，以肉體攻擊不可能做到的暗招出其不意，重挫敵人心理之後給予決定性的打擊。如果正面硬碰硬就敵不過速度取勝的現代魔法。

敵對的方術士肯定也明白這一點，但襲擊亞夜子的他們只以非常直接的招式攻擊，例如看得見的火球，先在手心發光的電擊，或是刻意以揮手動作明確指定軌道的風彈。

「是意識被侵占嗎？」

四葉家也有剝奪對方意識用為戰鬥奴隸的魔法。方術士的動作近似中了這種魔法的傀儡。九島光宣也有催眠暗示系的能力。亞夜子在內心的備忘錄追加這一項，再度踏出腳步要協助正在戰鬥的文彌。

但她走不到三步，當事人文彌就從倉庫門口衝出來。

發生什麼事？亞夜子還沒開口，女性型機器人就追著文彌跑出倉庫。

亞夜子知道機器人的真面目。

不是普通的戰鬥用女機人。

是寄生人偶。寄宿著妖魔，會行使魔法的人型兵器。

寄生人偶群襲向文彌。

部分人偶轉向攻擊亞夜子。

文彌該打倒的對手不是寄生人偶。是操作這群人偶的九島光宣。

寄生人偶是自律兵器。不必逐一下令也能憑自己的判斷繼續戰鬥。但是只要打倒現在擁有命令權的光宣，研究所的人就能覆寫新的命令。

基於這層意義，也應該優先和光宣戰鬥。消耗氣力與體力對付寄生人偶是不智的做法。

但即使文彌想迴避戰鬥，寄生人偶也不允許。

文彌垂直往上跳。他想逃到空中擺脫寄生人偶。

但是兩具寄生人偶以更勝於他的速度從地面追過來。

筆直迫近的模樣簡直是人型砲彈。

以魔法氣息察覺的文彌大幅往旁邊跳。但是妖魔寄宿的人型機器追蹤文彌的動作不放過他。

寄生人偶各自精通特定魔法。這一點與其說是魔法師更近似超能力者。移動系魔法特化的個體，機動力甚至超過文彌。

但是寄生人偶的舉止沒出現變化。

大概是逼不得已，文彌朝著接近的寄生人偶使用「直覺痛楚」。

（無效？）

文彌內心慌張。

兩具寄生人偶趁機追上文彌。

其中一具寄生人偶左手一甩，手腕內側伸出細鋼絲。

文彌反射性地架設反物資護盾。

融入黑暗的鋼絲隔著護盾捆住文彌。

另一具寄生人偶手握雙叉短槍。槍尖的形狀是筆直劍刃隔著細長縫隙平行相對。

兩根劍刃中間出現閃光。

寄生人偶以噴出放電火花的短槍刺向文彌。

文彌衝向射鋼絲的寄生人偶。

距離拉近使得鋼絲鬆弛。

逆時針纏繞的鋼絲，文彌以順時針的氣流吹開。

短槍從背後接近，文彌傾斜身體閃躲。

下一瞬間，射鋼絲的寄生人偶抱住文彌。剛閃躲槍的文彌躲不開這一抱。

寄生人偶就這麼抱著文彌落地。

文彌朝著緊抓他不放的寄生人偶使用「直覺痛楚」。

然而——

還是沒有效果。

（對這些傢伙不管用嗎？）

文彌終於察覺這一點。

他的「直覺痛楚」是將「肉體感受到的痛楚」直接植入精神的魔法。

原本就沒有肉體的精神情報體，寄宿在原本就沒有痛覺的人型機器，因此沒有「直覺痛楚」能夠重現的痛覺。

文彌和抓著他的寄生人偶一起重摔在地。慣性控制不完整，傷害只減輕到勉強免於骨折的程度。

「文彌！」

亞夜子拚命大喊，拉住文彌差點飛離的意識。

文彌反射性地看向亞夜子。

亞夜子被三具寄生人偶完全包圍。

她的「疑似瞬間移動」沒有穿越障礙物的功能。她那樣逃不掉。

亞夜子不顧自己的安危，呼叫文彌的名字擔心他。

「滾開！」

文彌的意識沸騰。

他的口中發出咆哮。

文彌爆發性的加速系魔法震飛緊抓不放的寄生人偶，然後起身往前衝。

「別擋路！」

寄生人偶揮刀砍來，文彌的拳套一拳打在她臉上。這個ＣＡＤ的主體是握在手心的部分，覆蓋拳頭的部位可以正常當成武器使用。

文彌沒追擊踉蹌的寄生人偶。從側邊射來的切割斥力力場，他也是踏步閃躲之後僅止於發射壓縮空氣彈讓對方跌倒。

文彌像是現在才想起來般發動自我加速魔法。

他瞬間出現在包圍姊姊的寄生人偶背後。

揮出右拳，同時發動加重系魔法。

毆打位置產生斥力，破壞寄生人偶內部的動力元件。

停止供電之後，支撐機械身體的馬達停止。

寄生人偶大幅搖晃，就這麼摔倒。

摧毀包圍網一角的文彌，射出強風逼另外兩具後退，抓住亞夜子的手。

「姊姊，暫時脫離！」

亞夜子一個轉身，發現障礙物消失。

她發動「疑似瞬間移動」，兩人的身體從原地消失。

即將移動的瞬間，文彌彷彿聽到光宣的慘叫。

◇　◇　◇

光宣使用化為寄生物之後獲得的治癒能力從麻痺狀態回復，將注意力朝向倉庫外面。

戰鬥還在進行。換句話說，寄生人偶沒全滅。看來寄生人偶的戰鬥能力適用於剛才的魔法師黑羽文彌。

他今天的目的是將可以成為戰力的寄生人偶帶走。不必在此時此地的戰鬥獲勝。趁對方專心和寄生人偶交戰時，出其不意使用「鬼門遁甲」逃離研究所。光宣決定採取這個方針。

光宣前往倉庫出入口。

但是一股暈眩感突然襲擊他。

剛才「NOx out」的影響還在嗎？光宣如此懷疑。

但他立刻察覺不是這麼回事。這確實是「NOx out」所合成一氧化氮造成的症狀。不過這個魔法現在是由光宣以外的某人發動。

規模極小，效果範圍只限於光宣頭部周邊的「NOx out」。而且如此複雜的魔法沒讓他察覺就完成。光宣只知道一個人擁有此等技巧。

光宣引發下降氣流，吹走自己周圍產生的氮氧化物與缺氧狀態。

然後尋找肯定位於倉庫裡的術士氣息。

「爺爺！」

這個人站在距離光宣不到兩公尺的場所。

不知不覺就接近到這裡。光宣對此感受到的戰慄大於屈辱。

「居然發現剛才的魔法……可惜。真是可惜。」

九島烈表現出來的不是敵人當前的態度。

「基於真正的意義，我大概沒給你正確的評價吧。」

是悔恨，以及深沉的悲傷。

「沒能察覺你真正的價值吧。沒能理解你真正尋求的事物吧。」

這就像是懺悔。

「我一直疼愛你。」

「我一直可憐你。」

「一直認為至少必須由我來保護你。」

「可是……」

烈說到這裡停頓，像是仰望夜空般抬頭往上看。

這個動作看起來也像是強忍差點落下的淚水。

「我大概錯了。」

不對。光宣差點脫口說出這兩個字。

——不是爺爺害的。

——爺爺沒有任何做錯的地方。

但是到最後，光宣沒將想法告訴爺爺。

不再是人類的自己，沒資格和爺爺交談。這種想法忽然湧上光宣心頭，縫住他的嘴。

「比起在床上苟活，你這個人肯定會想以生命為代價獲得一些東西吧。對於這樣的你來說，我的愛情肯定只是枷鎖。」

「…………」

「不過，光宣……」

烈的語氣變了。

「即使如此，我還是不會認同現在的你。」

悔恨化為灰心。懺悔化為決心。

「你不再是人類，我不能認同這樣的你。和人世為敵的妖魔，我不能坐視不管。」

「爺爺，聽我說……！」

我沒有危害人類社會的意思。正要這麼說的時候，光宣察覺自己早已失去說這句話的資格。

「十師族決定活捉你。但是如果淪為階下囚，等待你的將是實驗動物的境遇。我實在不忍心看見這種下場。」

光宣的心遭受強烈的震撼。

他已經知道烈想說什麼了。

「這是盡我所能的憐憫。光宣，爺爺親手送你去那個世界吧。」

烈使出致人於死的魔法。

光宣身為人類的內心想接受這個結果。

但他身為寄生物的精神拒絕毀滅。

光宣忽然回復意識。不，形容為取回現實感比較適切。

就像是站著作夢的感覺。

倉庫外面還在繼續戰鬥。

看來自己「失去」的時間不太久。

他檢視自己身體各處。

衣服各處裂開或燒焦，但是傷幾乎治癒。寄生物的治癒能力至今依然在復原他的身體。

他目光上揚。

視線向前移動。

一個人影倒在陰暗倉庫的地面。

這是誰？光宣的納悶只在一瞬間。

下一剎那，他得到問題的答案。

「爺爺！」

光宣大叫跑過去。

伸手碰觸趴倒在地的烈。

但是，正要搖晃其肩膀的時候，光宣移開手了。

他已經理解。

爺爺死了。

是我殺的。

「嗚哇啊啊啊啊！」

光宣的嘴發出慘叫。

光宣的心軋軋作響。

光宣的某部分像是置身事外般，聽著自己內心裂開的聲音。

襲擊前第九研的光宣，和十五具寄生人偶一起離開研究所。

後來留下的是受傷的研究員，一具毀損的寄生人偶，被抓的方術士——

以及九島烈的遺體。

◇ ◇ ◇

「九島閣下過世了嗎……」

當天深夜，達也從文彌的電話得知這個消息。

『是的……都是因為我不中用……』

「文彌，這你就錯了。」

文彌肯定是希望達也安慰吧。

達也的話語正是文彌想要的。

只不過達也沒有出言安慰的意思。

「你做得很好。不只光宣，還應付寄生人偶集團。你們的撤退是逼不得已。」

『……是這樣嗎？』

「嗯。」

『達也哥哥，謝謝您。』

「也不必太憂慮閣下的事。閣下與光宣的事情，原本是九島家內部的問題。前第九研內部發生的事，四葉家不必感受到責任。」

『好的……』

後來亞夜子出現在畫面，達也一樣也說幾句話安慰她之後結束通話。

這通電話是在臥室接聽，所以深雪還不知道烈的死訊。

今天很晚了。明天早上告訴她就好。

達也將分享情報的時間延後，是因為想在腦中整理獲得的情報。

——光宣搶走十五具寄生人偶。

達也很清楚寄生人偶的戰鬥力。以類似心電感應的能力共享單一意志的寄生人偶，是集團愈大愈難纏的存在。

而且統率這個集團的是同樣擁有意念共享能力的寄生物——光宣。

不必深思就可以預測將是難以應付的對手。

[8]

星期一的第一高中，感覺話題都被九島烈過世的新聞獨占。其他魔法科高中恐怕也是吧。被稱為「宗師」尊敬的九島烈，是日本魔法界的象徵。

上午到校的達也和朋友們共進午餐時，餐桌上的話題也圍繞著九島烈打轉。

「我不知道宗師有病在身……」

美月輕聲說。

「達也同學早就知道嗎？」

穗香接話將話鋒轉向達也。

「不，我不知道。最近只在視訊電話見過宗師，但他身體狀況看起來不算差。」

烈對外公開的死因是「病死」。仔細想想也是當然的。孫子成為非人之魔物，烈被這個孫子殺害。這個事實不可能對外公開。

「這樣啊……」

「達也同學和深雪要出席葬禮嗎？」

不只是深雪，達也聽到艾莉卡這麼問也睜大雙眼。

「還沒收到這方面的邀請……但為什麼這樣問我？」

「因為深雪也是十師族的一員，又是繼承人吧？我認為受邀出席葬禮也不奇怪。」

「啊啊，原來如此。而且達也同時也是未婚夫。」

聽完艾莉卡的指摘，雷歐也一臉認同地點頭。

「受邀的話會出席。因為前年的九校戰也受到九島閣下不少照顧。」

大會營運委員在深雪的ＣＡＤ植入「電子金蠶」，達也為此槓上對方時，烈曾經幫忙說話。

其實在下一屆，也就是去年的九校戰，達也造成烈莫大的困擾，不過這件事不能說，事到如今也沒必要說。

達也說的就是這件事。

「啊，那件事……」

看來雫很快就想到「前年九校戰的事件」。

深雪當然不用說，穗香肯定也記得，但只有雫出言附和。

大概是避免拿九校戰當話題吧。今年九校戰中止舉行，無法斷言達也毫無關係。

「無論如何，今年的九校戰或許都會中止吧。當成是悼念宗師。」

不過，這裡也有一個和這種貼心無緣的少女——不，或許艾莉卡是反向發揮自己的貼心。

「反倒更應該舉行吧？因為閣下喜歡九校戰。」

當事人達也不知道在想些什麼，如此回應艾莉卡。

午休時間剩下十分鐘時，達也等人全部離席。

「深雪，方便借點時間嗎？還有達也同學。」

一起離開餐廳時，艾莉卡對達也與深雪說。

「怎麼了？」

「有點事。」

艾莉卡含糊回應深雪的問題。

兩人立刻知道是不方便在眾人面前說的事情。

「去用風紀委員會總部吧。這個時段肯定沒人。」

幹比古從旁插嘴。

看來他隱約知道艾莉卡要說什麼事。

「知道了。深雪。」

「是，哥哥。艾莉卡，這樣可以嗎？」

深雪朝達也點頭之後詢問艾莉卡。

「不好意思。」

艾莉卡當然沒反對。

如幹比古所說，風紀委員會總部沒人。

深雪以身上的學生會長ＩＤ卡開鎖，艾莉卡、深雪與達也依序入內。

深雪對整個房間架設隔音力場。

三人坐在長桌前面。桌上收拾得整整齊齊，應該是幹比古的個性使然吧。和達也剛加入委員會那時候比起來截然不同。

「沒什麼時間，所以我長話短說。」

艾莉卡說出這段開場白。

「今晚的事，我聽Miki說了。」

深雪轉身看向坐在旁邊的達也。達也看起來沒特別驚訝，只回應「這樣啊」。

「深雪要怎麼做？」

達也沒對幹比古說明深雪今晚怎麼過，所以艾莉卡當然也不知道。

「我會陪伴水波，直到哥哥回來。」

「提防光宣？」

「嗯。」

「我也……」

艾莉卡此時停頓片刻。不是裝出來的，是為了跨越躊躇。

「我也可以去嗎？」

她知道自己要做的行為是多餘的。

「去探望水波？」

「嗯。」

「今晚？」

「對。」

艾莉卡點頭之後快速說下去。

「雷歐會陪在Miki旁邊。因為使用術式的時候毫無防備。」

達也沒聽幹比古或雷歐提到這件事。兩人大概是想在放學後找他談吧。

「你們知道這次是去做什麼吧？」

「當然。」

艾莉卡在這裡說出這件事，可以說是她心急失誤，但達也理所當然把艾莉卡當成雷歐的代理人。

「既然真的知道，我就樂於借用你們的助力吧。」

原本猜想達也會反對的艾莉卡，在感覺意外的同時鬆了口氣。

艾莉卡的視線從達也移向深雪。

「所以，怎麼樣？」

「艾莉卡，我不像哥哥慣於戰鬥。如果發生什麼萬一，我沒辦法連妳一起保護，這樣也可以嗎？」

「我沒要妳保護，而是相反。」

「……哥哥，您意下如何？」

深雪交由達也判斷。

「艾莉卡的話應該沒關係吧。」

達也看向艾莉卡。

「而且她看起來也有所覺悟。」

「那當然。」

艾莉卡以無懼一切的笑容回應達也的挑釁。

只不過，達也的這個態度是幌子。達也認為昨天才發生那件事，光宣今天不會有動作。有風險的應該是幹比古與雷歐那邊。

◇　◇　◇

這天晚上是最近難得的星空之夜。

月亮還沒露臉。今天的月亮要將近深夜才會出現。

達也位於和座間基地隔兩條街的大公園停車場。和基地反方向。從這裡當然無法用肉眼看見座間基地。

「雷歐，真的可以嗎？」

雖然不是懷疑，但雷歐真的和幹比古一起現身了。

「明明沒問幹比古，為什麼只向我確認？」

被達也詢問的雷歐看起來有所不滿。

「其實我個人也不想拖幹比古下水。」

「但你需要我的助力吧？」

幹比古問完，達也不情不願說聲「是啊」承認了。

相對的，幹比古看起來很高興聽到達也這麼說。

「既然幹比古沒問題，那我也可以吧？我不會成為『靶子』，風險比幹比古低。」

確實，幹比古因為要使用遠距離魔法，而且是歸類為咒法的法術，所以有遭受魔法反擊的危險。不過如果反擊部隊循著魔法來襲，雷歐也會被捲入戰鬥。

「沒辦法了。」

達也也知道在這裡問答只是浪費時間。放學後已經確認過雷歐的意願。

而且如果雷歐能在幹比古將注意力移到基地內部時從旁保護，也確實幫了達也一個大忙──對於現在的達也來說，雷歐比獨立魔裝大隊更能信賴。

「幹比古，拜託了。雷歐多多關照幹比古吧。」

「嗯，交給我吧。」

「好，由我來吧。」

達也跨上機車。四葉家所研發，具備短程飛行功能的電動二輪車「無翼」。他身穿的戰鬥服也不是「可動裝甲」，而是四葉家的飛行戰鬥服「解放裝甲」。今晚的作戰表面上和一〇一旅無關。獨立魔裝大隊派遣援軍以防萬一，但他們真的只會在「萬一」的時候採取行動，在這之前都不動聲色隱藏起來。

「我出發了。」

達也關閉頭盔的護目鏡，讓機車起步。

ＵＳＮＡ的貨機剛好抵達，正在跑道緩慢移動。為求謹慎，藤林不久前調查起降紀錄，今天美軍只有這架飛機降落。從過去一週來看也是唯一的美軍飛機。

（幾乎是最佳的時間點。）

寄生物確實在貨機上。和光宣一樣沒隱藏自己別具特徵的想子波型。也可能是無法隱藏。

（寄生物總共四具。意外地少。只有一具的魔法力特別高嗎……）

達也騎車行經基地旁邊的道路，同時以「精靈之眼」觀察之後，為了在寄生物走下貨機之前做個了斷而發動「無翼」的飛行功能。

◇◇◇

降落在座間基地的貨機上，STARS第三隊隊長亞歷山大．艾克圖魯斯是乘客之一。

（有人在看……？）

艾克圖魯斯在滑行的貨機上獨白。沒化為話語說出口，是在心中呢喃。

降落之後就感受到視線。但是這個視線沒有方向性。

如果是千里眼，力量的流動會成為視線方向而有所感覺。

如果是使魔監視，使魔就是視線的來源。

有一種叫做「多重觀測」的特異功能可以從各種角度進行毫無死角的監視，但這就像是在空中排列許多實況攝影機，等同於同時被複數使魔監視，並不是沒有方向性。

不過艾克圖魯斯現在感受到的視線，完全找不到「來自何處」的要素。甚至不是全方向的視線。

就只是被看見。

彷彿被神或是惡魔注視……

大概是這個「視線」令他分心吧。

「那是什麼？」

「機車嗎？」

直到同機乘客開口，艾克圖魯斯都沒發現這個奇特的飛行物體接近。

映在機外螢幕的小小剪影。

警戒系統自動進行夜視處理並且拉近鏡頭時，這個「物體」已經接近到貨機面前。

騎著飛天機車的一個人影。

這個人影踩著機車踏板伸直雙腿站立，以像是手槍的東西瞄準貨機。

突然間，貨機開了一個洞。

騎士從機車跳下來。

機車就這麼飛越貨機，騎士從機身的洞跳到機內。

貨機裡像是現在才想起來般響起警報聲。

達也連同機車飛向貨機，從裝甲服的槍套抽出手槍造型的特化型ＣＡＤ。

銀鏃改造版「三尖戟」。

他以愛用的ＣＡＤ發動「分解」。

貨機壁面開出一個只容達也跳進去的洞。

達也將「無翼」切換成自動操縱，朝著自己打開的洞往下跳。

以微蹲姿勢在貨機裡著地。緊接著，貨機壁面的洞消失了。

是以「重組」魔法進行修復。

將自己關進密室，是為了不讓寄生物出去。

機內的美軍士兵大概是跟不上狀況，就這麼坐著驚懼畏縮。

寄生物也一樣。

達也衝向距離最近的寄生物。

兩把ＣＡＤ都已經收回槍套。

他的右手握著又短又細像是針的短劍。細長劍身雕刻細緻的花紋。

被達也鎖定的寄生物擺脫驚愕的束縛微微起身。

達也不是伸出短劍，而是伸出左拳。

即將衝突時，張開緊握的拳頭。

零距離朝寄生物擊出「穿甲想子彈」。

寄生物慘叫抽搐。

達也右手的短劍插入對方左鎖骨下緣。

◇◇◇

「來了……！」

幹比古在隔基地兩條街的公園低語。

他察知自己準備的封印咒具傳來打入妖魔身體的反應。

達也手上細長如針的短劍，正是以劍身當成符咒的法具。

幹比古左手握著一疊和短劍成對的扇形符咒。

他以右手抽出起反應的符咒，發動封印術式。

◇◇◇

抽搐的寄生物突然像是斷線傀儡停止動作。

寄生物脫力倒地，短劍就這麼插在鎖骨下緣。

「穿甲想子彈」擾亂體內想子，在精神與肉體的連結不穩時注入封印術式。剛出生的妖魔無從對抗。

即使抽回短劍，烙於肉刻於骨的封印術式也不會解除。

除非找到魔法技術勝於幹比古的術士，否則寄生物會維持假死狀態沉睡。

大概是同僚的慘叫解除士兵的束縛。

原本軟腳般坐著的美軍士兵一齊起身。

舉槍瞄準的臉上毫無躊躇。

達也同時分解超過二十把的突擊卡賓槍與衝鋒槍。

突然失去槍，美軍士兵的內心再度產生空白。

達也趁機「處理」第二具寄生物。

再度出現的抽搐與脫力。封印的光景。

此時，達也唯一提防的強大魔法力擁有者行動了。

艾克圖魯斯無法理解眼前正在發生什麼事。

貨機突然開出的洞，像是夢境或幻象般消失。

不過，從那個洞跳進來的入侵者沒消失。

不只沒消失，新加入他們行列的前STARDUST隊員，在堪稱一瞬間的短短時間被他封印。

STARDUST是只能等死的白老鼠。

他們成為寄生物之後，本應可以逃離無法避免的死。

如今卻以寄生物的身分，陷入等同於死亡的狀態。

同機的友軍士兵朝著入侵者舉槍。

他們不是寄生物。但是在他們眼中，入侵者是殺害同胞（普通士兵不知道這是封印狀態）的恐怖分子。

槍口數量超過二十。在狹小的機內無從逃跑。即使那套騎士服有防彈功能，在這麼近的距離挨幾十槍也肯定無法全身而退。

然而在這一瞬間，強力的魔法橫掃機內。

不只是威力大。在強力的同時也是精確、洗鍊、藝術般的魔法。

超過二十把的突擊卡賓槍與衝鋒槍成為零件飛散。彈匣也吐出子彈落在地上。沒有任何一顆子彈從槍口發射。

因為這個預料之外的演變，應該說因為看這個魔法看到入神，所以艾克圖魯斯再度對同伴見死不救。

第二個同伴被封印了。

艾克圖魯斯抽出戰斧砍向入侵者。

艾克圖魯斯的本分是使用「舞刃陣」進行中距離戰鬥。他原本的精靈魔法是用來索敵、遙控武器以及對付精神干涉系魔法，不是用來直接攻擊的魔法。以魔法師的身分來說，他不擅長在這種狹小空間戰鬥。

但他不是只會使用魔法的軟弱「魔法師」。

使用戰斧的近身戰，他在加入STARS之前未嘗敗績。

艾克圖魯斯踏步向前，抓準攻擊間距揮下戰斧。

他沒想過可以一擊必殺，卻也認為對方來不及閃躲。

然而入侵者不只是躲開這一斧，還從艾克圖魯斯的面前消失。

艾克圖魯斯轉過身去。

大概是原本想要支援吧。

艾克圖魯斯看見的是右手握著大型刀的第三名同伴身體劇烈抽搐，左鎖骨下緣剛被一把如針短劍插入的光景。

——這樣下去，最後的同伴也會被封印。

——使用封印魔法的不是面前的入侵者。

——即使打倒這個人，封印也不會停止。

這段思考瞬間穿過艾克圖魯斯的腦海。

艾克圖魯斯扔出手上的戰斧。

戰斧突破貨機壁面，飛上夜空。

強烈的魔法氣息使得達也轉身。

如今他不用做任何事，也能完成第三人的封印程序，所以當然更應該提防最後一人，也就是第四人使出的魔法，不是攻擊達也的魔法。

說來難以置信，第四具寄生物投擲的戰斧貫穿貨機壁面，消失在夜空。

達也好奇第四人想做什麼。但他無暇以「精靈之眼」追蹤第四人投擲的戰斧。

第四人抽出戰鬥刀襲擊他。

對方是STARS第三隊隊長亞歷山大·艾克圖魯斯。

達也就這麼開著「精靈之眼」集中注意力，對方的情報映入他的「眼」。

不像莉娜或光宣擁有偽裝情報體的能力。

達也以手刀迎擊艾克圖魯斯的刀。

「解放裝甲」除了槍套的ＣＡＤ，還內建完全思考操作型ＣＡＤ。

零距離射程的「分解」將艾克圖魯斯的刀化為細砂。

別的士兵試圖從背後架住達也。不是寄生物也不是魔法師，是一般兵。

達也翻身和這個士兵的位置對調，將他撞向艾克圖魯斯。

艾克圖魯斯接住這名士兵。

達也的拳頭夾帶貫通衝擊波打向士兵背部。武術高手好像也做得到同樣的事，不過達也這一招是併用魔法的仿製品。

但即使是仿製品也具備同等威力。

艾克圖魯斯一八五公分的高大身體向後踉蹌。

達也右手抓住剛才撞飛的士兵衣領往後拉，藉著反作用力朝艾克圖魯斯伸出左手。

他的手射出「穿甲想子彈」。

艾克圖魯斯的身體抽搐。

達也右手抽出第四把短劍，要插入艾克圖魯斯的鎖骨下緣。

然而艾克圖魯斯的左手擋下了。

「穿甲想子彈」確實生效。但艾克圖魯斯依然沒失去戰鬥力。

不只如此，他的右手還開始聚集電漿。

古式魔法的雷擊。

那種做法肯定是他自己先觸電，這部分大概是依賴寄生物的肉體強韌度吧。

艾克圖魯斯的右手即將放出電擊。

在這之前，達也的左手再度打向艾克圖魯斯的心窩。

艾克圖魯斯的身體大幅抖動。

右手的放電火花消失。

達也以右手將艾克圖魯斯的左手往上方架開，在對方回防之前插入短劍。

確認封印術式發動。

達也沒有親眼確認發動的結果，就在地板開洞離開貨機。

◇◇◇

「有東西來了！」

幹比古發出緊張的聲音。

雷歐還沒詢問是什麼東西，就讓自己的五感全數動員。

耳朵捕捉到撕裂風的聲音。

某個飛翔物體高速接近。

雖說高速，卻也不到子彈或飛彈的程度，但時速還是超過兩百公里吧。

比棒球揮棒擊出的球還要快。大概比網球的高速發球快一點。

雷歐套用自己體驗過的速度如此判斷。

雷歐的雙眼比幹比古先把握物體的真面目。

是旋轉的戰斧。

他眼角的餘光也看見藏身的軍人衝出來。

雷歐沒等他們過來。

他背對幹比古站在戰斧前方，是出自本能的行動。

不是生存本能。

是鬥爭本能。

「Siegfried！」

雷歐放聲大喊。

隨著咆哮伸直雙手。

以這雙手接住戰斧——接住亞歷山大·艾克圖魯斯的「舞刃陣」！

雷歐以「Siegfried」強化的軀體，抓住古式魔法師以念強化的武器。

以手感確認戰斧完全停止之後，雷歐跌坐在地。

即使如此，抓住戰斧鋒刃頂部與握柄上部的雙手也沒放開。

幹比古沒看向成為自己盾牌的雷歐。

他正在專心封印寄生物。

這肯定是因為幹比古確信雷歐會保護他。

就這樣，試圖從座間基地入侵的艾克圖魯斯與三具寄生物被封印了。

◇　◇　◇

美軍空母停靠在橫須賀基地。

在夜間入港是為了進行夜間起降訓練，而且已經預先告知日方。

不過也隱瞞了一些事。

最新型的複座ＶＴＯＬ戰鬥機降落在空母上。

日軍不知道這些飛機是從擁有飛行甲板的超大型潛艦起飛。

也不知道這三架複座戰鬥機的後座坐著不是雷達管制官或武器管制官的女軍官。

從超大型潛艦到空母的女軍官名單如下：

夏綠蒂・貝格。

佐伊・斯琵卡。

蕾拉・迪尼布。

莉娜離開ＵＳＮＡ之後化為寄生物的STARS女軍官，在二〇九七年七月一日星期一晚上潛入橫須賀基地。

後記

第二十六集〈入侵篇〉，各位覺得如何？看得愉快嗎？

本集是感覺主角達也退居為配角的一集。雖然最後上演主角風格的戰鬥，不過這裡的精彩場面也是和幹比古與雷歐平分。

本集從頭到尾展現亮眼活躍的是光宣。接連進行的戰鬥，擋住去路的強敵，敗逃的挫折感，和親人的對決與悲劇的結局……主角要素多到滿出來。達也這個角色原本就設定成與其說是主角更像是守護主角的幫手，對於主角來說是必須跨越的高牆，屬於老大哥的性質，而劇情進展到這裡，這個傾向似乎愈來愈強烈了。

雖然這麼說，但是這次也讓達也有點主角的樣子認真修行了。獲得朋友的協助，努力到最後掌握勝利，這樣真的很像主角吧……不行嗎？（笑）

總之，以真正的意義來說還沒確定掌握勝利。努力、友情、勝利的方程式是否成立，請各位期待今後的進展。

莫名聳動的宣傳標語差不多說到這裡吧。

這本第二十六集也有新角色登場。

空澤巡查。

他今後不會在正傳活躍。

……不，我能理解各位想吐槽的心情，不過空澤巡查是廢案的亞夜子外傳登場角色。這次需要一個有名字的配角，才會從資源回收桶翻出來用。

說到魔法科外傳的構想，文彌&原創角色的《司波達也暗殺計畫》已經起跑，亞夜子&空澤的類推理外傳是同時構思的內容。坦白說，我在思考《司波達也暗殺計畫》的各種設定時，心想「既然有文彌登場的外傳，亞夜子也要有」而擠出這個點子。不過從一開始就沒指望公開，所以說這是「廢案」也不太對。

《司波達也暗殺計畫》的第一個章節，會配合本集上市的時間在官方網站公開（註：僅有日文）。預定總共連載十一話。網址如下所示，各位有空的時間候請去看看。電擊文庫也預定在近期出版。

https://tsutomusato.jp/

那麼，關於接下來的第二十七集，如果我沒陷入低潮，預定會在今年內出版。副標題是〈急轉篇〉。正如其名是劇情急轉直下的一集。

本系列也真的看得見終點了。請各位陪同一起走到最後。

本次也謝謝各位閱讀本作品。

（佐島 勤）

86—不存在的戰區— 1~4 待續

作者：安里アサト　插畫：しらび

辛與蕾娜邂逅之後的第一場共同作戰！
來自地底的呼喚，向他們宣告新的試煉。

辛與蕾娜終於在命運的安排下重逢。總覺得兩人之間好像很親密，又好像有點距離，弄得萊登等人勞心勞力。然而短暫的休憩時光不久，以蕾娜為司令的新部隊接到了第一份任務。在共和國的舊地下鐵總站，建造於地底深處的軍團據點，正張開大口等著他們。

各 **NT$220~260/HK$68~78**

噬血狂襲 1~18 待續

作者：三雲岳斗　插畫：マニャ子

古城等人應邀來到了阿爾迪基亞王國，
被迫捲入針對紀念典禮的恐攻計畫！

拉·芙莉亞邀請古城、雪菜與夏音到阿爾迪基亞王國。適逢阿爾迪基亞將舉行締結和平條約的紀念典禮，由反條約派系主導的恐怖攻擊令人憂懼。阿爾迪基亞王宮遭謎樣怪物襲擊，牽連戰王領域的大規模恐攻計畫啟動，古城等人被迫捲入風波之中。

各 **NT$180~280/HK$50~87**

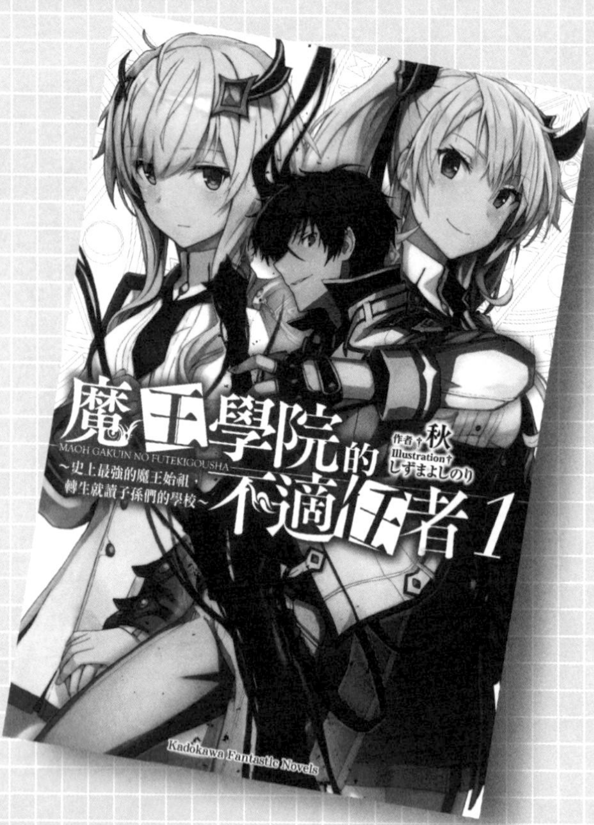

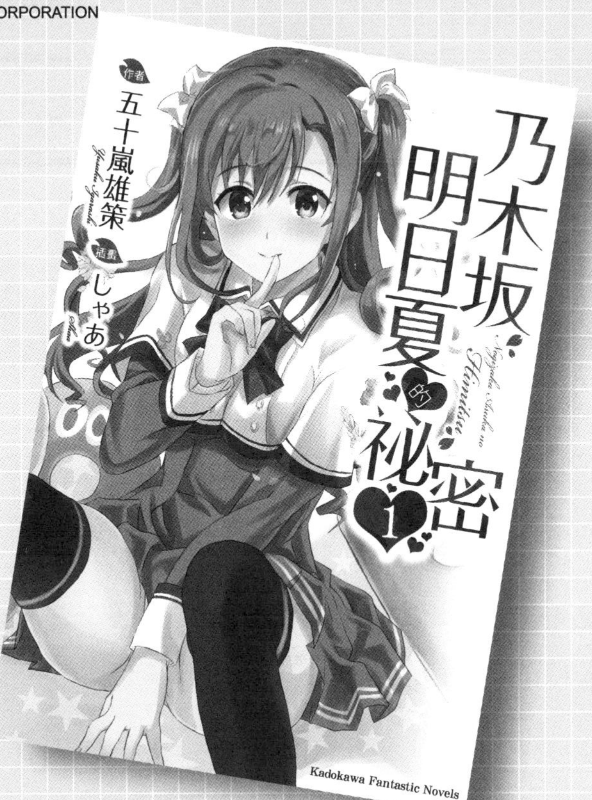

國家圖書館出版品預行編目(CIP)資料

魔法科高中的劣等生. 26, 入侵篇 / 佐島勤作 ; 哈泥蛙譯. -- 初版. -- 臺北市 : 臺灣角川, 2019.08

面 ; 公分

譯自 : 魔法科高校の劣等生. 26, インベージョン編

ISBN 978-957-743-144-8(平裝)

861.57 108009727

Kadokawa Fantastic Novels

魔法科高中的劣等生 26

入侵篇

（原著名：魔法科高校の劣等生26 インベージョン編）

2019年8月1日 初版第1刷發行
2022年3月15日 初版第2刷發行

作者：佐島 勤
插畫：石田可奈
日版設計：BEE-PEE
譯者：哈泥蛙

發行人：岩崎剛人
總編輯：蔡佩芬
編輯：黎夢萍
美術設計：黃永漢
印務：李明修（主任）、張加恩（主任）、張凱棋

發行所：台灣角川股份有限公司
地址：104台北市中山區松江路223號3樓
電話：（02）2515-3000
傳真：（02）2515-0033
網址：www.kadokawa.com.tw
劃撥帳戶：台灣角川股份有限公司
劃撥帳號：19487412
法律顧問：有澤法律事務所
製版：巨茂科技印刷有限公司
ISBN：978-957-743-144-8